비행선

비
행
선

Les Aérostats

 아멜리 노통브 장편소설

이상해 옮김

오리안을 위하여

나는 도나트가 끊임없이 모욕감을 느끼는 사람의 범주에 속한다는 사실을 몰랐다. 그녀의 질책은 나를 한없이 부끄럽게 했다.

「욕실을 저렇게 쓰면 안 되지.」 그녀가 내게 말했다.

「아, 미안! 내가 어쨌는데?」

「아무것도 안 건드렸으니까 네가 직접 가서 보고 깨달아.」

　그래서 나는 보러 갔다. 바닥에 물기도 없었고, 배수구에 머리카락이 끼어 있지도 않았다.

「모르겠는데.」

　그녀가 다가와서 한숨을 쉬며 얘기했다.

「샤워 커튼을 안 쳤잖아. 저렇게 아코디언처럼 접혀 있으면 어떻게 마르겠어?」

「아, 그렇네.」

「게다가 샴푸 통 뚜껑도 안 닫았어.」

「하지만 저건 내 건데.」

「그래서?」

나는 내가 샴푸 통이 아니라 그냥 샴푸라고 부르는 것의 뚜껑을 닫았다. 확실히 나에게는 생활의 기술이 부족했다.

도나트가 나에게 그것을 하나하나 가르쳐 줄 터였다. 나는 겨우 열아홉, 그녀는 스물두 살이었으니까. 그 정도 터울이 아직은 크게 느껴지는 나이였다.

서서히 그녀가 사람들 대부분에게 그런 식으로 행동한다는 사실을 알아차렸다. 그녀가 전화 통화 중에 상대방에게 이렇게 대꾸하는 것을 듣기도 했다.

「나한테 그따위로 말하는 게 정상이라고 생각하시나요?」

혹은 이렇게.

「그런 식으로 날 대하다니 용납할 수 없어요.」

그러고는 전화를 끊어 버렸다. 나는 무슨 일이냐고 물었다.

「무슨 권리로 남의 전화 통화를 엿듣는 거니?」

「엿듣지 않았어. 그냥 들려서 들은 것뿐이야.」

내가 세탁기를 처음 사용했을 때는 완전히 드라마 속 한 장면 같았다.

「앙주!」 그녀가 소리쳤다.

나는 최악의 상황을 예감하며 후닥닥 달려갔다.

「이게 도대체 뭐야?」 대충 넣어놓은 빨래를 가리키 며 그녀가 따졌다.

「세탁기를 돌렸어.」

「여긴 빨래를 아무 데나 넣어놓는 나폴리가 아니야. 네 빨래는 다른 곳에 넣어.」

「어디다? 우리 집엔 건조기가 없잖아.」

「그래서? 내가 내 물건들을 아무 데나 늘어놓는 거 봤니?」

「너도 그렇게 해, 그럼.」

「그럴 수 없어. 그러면 너저분해지잖아. 여기가 내 집 이라는 사실, 잊지 마.」

9

「나도 세를 내잖아, 안 그래?」

「뭐라고? 그러니까 네 말은 세를 내니까 뭐든 해도 된다는 거야?」

「진지하게 말해 봐. 그럼 내 빨래는 어디다 널어야 하는데?」

「길모퉁이에 빨래방이 있어. 건조기도 여러 대 있고.」

나는 정보를 접수했고, 그녀의 세탁기를 두 번 다시 사용하지 않기로 단단히 마음먹었다.

우리는 곧 4차원적인 상황에 도달했다.

「내 애호박을 왜 옮겼는지 설명 좀 해볼래?」

「난 네 애호박을 옮기지 않았어.」

「부인하지 마!」

그 〈부인하지 마〉에 나는 웃음을 터뜨렸다.

「웃어넘길 일이 아니야. 이리 와서 좀 봐.」

그녀는 냉장고를 열고 내 브로콜리 왼쪽에 놓인 그녀의 애호박을 가리켰다.

「아, 그래, 내가 브로콜리를 넣으려고 저것들을 옮긴 모양이네.」

「맞잖아!」 그녀가 의기양양한 목소리로 외쳤다.

「하지만 내 브로콜리를 어딘가에 넣어 둬야만 했어.」

「내 채소 칸에는 안 돼!」

「채소 칸이 하나뿐이잖아.」

「어쨌거나 채소 칸은 내 거야. 그러니까 열지 마.」

「왜?」 내가 멍청하게 물었다.

「내밀한 거라 부끄러우니까.」

그 말을 듣고 터져 나오려는 웃음을 참으면서 내 방으로 돌아갔다. 하긴, 그녀의 말이 맞긴 했다. 웃어넘길 일이 아니었다. 도나트는 까탈스럽기 짝이 없었고, 나에게는 선택의 여지가 없었다. 그 집은 세가 다른 곳들보다 훨씬 쌌으니까. 우리 부모님은 내가 통학하기에는 브뤼셀에서 너무 멀리 떨어진 지역에 살고 있었다.

그 전해, 나는 문헌학을 전공하는 새내기들에게 기숙사 역할을 했던 건물에 들어가 살았다. 역겨운 냄새가 나는 용병 같은 녀석과 함께 지내야 했고, 녀석이 없을 때도 밤낮없이 시끄러워서 잠을 잘 수도, 공부를 할 수도 없어서 여학생인 나에게는 불편하기 짝이 없었던 그 코딱지만 한 방에는 세상 무슨 일이 있어도 돌아가지 않을 작정이었다. 내가 무슨 기적 덕분에 대학 첫해 시험을 통과했는지 알 수 없었지만, 두 번 다시 그런 위험은 감수하지 않을 생각이었다.

그래도 도나트의 집에는 나만의 방이 있었다. 버지니아 울프의 말은 지당했다. 자기만의 방만큼 소중한 건 없었다. 전망이 아주 좋지는 않았지만, 도나트의 횡포를 감내할 수 있을 만큼 나름 훌륭한 방이었다.[1] 도나트는 내 영역을 존중해서라기보다는 역겨워서 내 방에는 발을 들이지 않았다. 그녀에게 나는 〈어린 것들〉의 구현이었다. 그녀가 꼬투리를 잡을 때면 내가 훌리건이라도 된 듯한 인상을 받았다. 내가 그녀의 물건을 건드리기라도 하면 그녀는 그걸 당장 빨래 통이나 쓰레기통에 던져 버렸다.

학교에서 나는 인기 있는 학생이 아니었다. 남학생들은 내 존재를 알아차리지도 못했다. 가끔 용기를 내어 성격 좋아 보이는 남학생이나 여학생에게 말을 걸기도 했지만, 그들은 한결같이 단음절로 대답했다.

1 버지니아 울프의 『자기만의 방』과 E. M. 포스터의 『전망 좋은 방』을 암시한다. 이하 모든 주는 옮긴이 주이다.

다행스럽게도 문헌학은 날 열광하게 했다. 정신이 가장 맑을 땐 책을 읽거나 공부하면서 시간을 보내는 게 괜찮았다. 하지만 외로움이 사무치는 저녁들이 있었다. 그럴 때면 브뤼셀의 거리를 돌아다녔다. 열기로 가득한 도시가 날 취하게 했다. 포세오루, 마르셰오샤르봉, 아랑 같은 거리명이 날 매혹했다.

가끔은 영화관에 들어가 아무 영화나 보기도 했다. 그러고는 대략 한 시간 정도 걸리는 거리를 걸어 집으로 돌아갔다. 모험으로 가득한 것처럼 보였던 그런 저녁들이 나는 좋았다.

집에 돌아가면 극도로 조심해야만 했다. 바스락거리는 소리만 내도 도나트가 잠에서 깼으니까. 나에게는 아주 엄격한 지침이 주어져 있었다. 저녁 9시 이후에는 소리가 나지 않게 한없이 조심해 가며 문을 닫을 것, 요리도 하지 말고, 변기 물도 내리지 말고, 샤워도 하지 말 것. 그러한 지침을 아무리 철저히 지켜도 잔소리를 피할 수는 없었다.

건강상 문제가 있었던 걸까? 나는 아는 바가 전혀 없었다. 그녀는 그냥 자신은 평균치보다 많이 잘 필요가 있다고만 말했다. 알레르기의 목록이 하루가 다르게 늘어 갔다. 영양학을 전공하는 그녀는 이런 종류의 지적으로 내 식생활을 비판했다.

「빵과 초콜릿? 네가 어디 아프게 돼도 놀라진 마.」

「난 건강한걸.」

「그건 네 생각이고. 나이가 들면 알게 될 거야.」

「너도 이제 겨우 스물두 살밖에 안 됐잖아. 여든 살이 아니라.」

「말에 뼈가 있네. 무슨 뜻이야? 어떻게 감히 나한테 그런 식으로 얘기할 수가 있어?」

나는 내 방으로 피신했다. 내 방은 후퇴라는 타개책 이상의 무언가로, 모든 게 가능한 장소였다. 그 방은 대로 모퉁이를 향해 나 있었다. 전차들이 방향을 틀면서 끽끽거리는 소리를 냈는데, 그 소리가 너무 좋았다. 침대에 누워 내가 전차라는 상상을 했다. 날 욕망[2]으로 명명하기 위해서가 아니라, 나의 행선지가 어딘지 모르기 위해서. 나는 내가 어디로 가는지 알지 못한다는 게 좋았다.

2 테너시 윌리엄스의 희곡 『욕망이라는 이름의 전차』를 암시한다.

도나트에게는 내가 도통 얼굴을 볼 수 없는 애인이 있었다. 그 사람 얘기를 할 때면 그녀는 눈빛부터 달라졌다. 그녀가 그를 온갖 덕목으로 미화하는 바람에 나는 그가 실제로 존재하는 사람인지 묻지 않을 수 없었다.

「차라리 내가 지어냈다고 말하지 그래.」

「너의 뤼도는 대체 어디에 있는데?」

「뤼도비크라고 불러 줘. 그렇게 친근하게 줄여 부르는 거 질색이니까.」

「그런데 왜 한 번도 볼 수가 없어?」

「네가 봐서 뭐 하게. 난 자주 만나.」

「언제, 어디서?」

「강의실에서.」

「너처럼 영양학 전공이야?」

「생화학, 영양학 말고.」

「그래? 그렇지만 넌 공부 얘기 할 때마다 음식과 관련된 것들만 운운하잖아.」

「그것보단 훨씬 복잡한 문제야. 어쨌든 간단히 말해, 뤼도비크는 무척 사려 깊고 조심스러운 애라고. 날 한없이 존중하지.」

따라서 그들이 같이 자지는 않는다고 결론지었다. 성생활을 하는 도나트는 상상하기 어려웠다. 그건 그녀가 절대 입에 올리지 않는 문제였다. 하지만 내 방에 누구든 데려오는 걸 금지하는 것만 봐도, 그녀가 얼마나 꽉 막혀 있는지 알 수 있었다.

설사 뤼도비크가 허구의 인물이라 해도, 그녀가 부러웠다. 내 삶에도 누군가가 있었으면 좋겠다는 바람이 있었으니까. 그 전해까지만 해도, 각별했다고 할 순 없지만 나에게도 친구들이 있었다. 흥미로울 건 전혀 없었다 하더라도 그들이 그리웠다. 나는 당시 그만큼 외

16

로웠다.

나는 돈이 필요했기에 중고등학생 대상 프랑스어, 문학, 문법 과외 교사 자리를 구한다는 광고를 냈다.

「앙주! 네 전화야.」 도나트가 소리쳤다.

수화기 너머에서 남자 목소리가 들려왔다.

「도누아 양? 당신이 낸 광고를 봤어요. 우리 아들이 열여섯 살인데, 독서 장애가 있어요. 그 아이를 맡아 줄 수 있겠어요?」

나는 주소를 받아 적었다. 그와 이튿날 오후로 약속을 잡았다.

나는 오후 4시에 도착했다. 그곳은 나란히 붙어 있는 집 중 하나로, 브뤼셀의 부자 동네에서만 볼 수 있는 아름다운 집이었다. 나를 맞이한 남자는 전화 통화를 했던 바로 그 사람이었다. 마흔다섯 살 정도로, 아주 높은 직위를 맡은 사람의 풍모를 지녔다.

「문헌학이 뭐 하는 학문이죠?」 그가 물었다.

「독일과 벨기에서 문헌학은 모든 언어 과학을 포괄하고, 라틴어와 고대 그리스어에 대한 깊은 이해를 전제로 하는 학문이에요.」

「왜 그런 전공을 택했어요?」

「니체가 철학자가 되기 전에 문헌학자였거든요.」

「니체주의자인가요?」

「니체주의? 그런 건 없어요. 니체에게서 최고의 영감을 받기는 하죠.」

그가 심각한 표정으로 날 쳐다보더니 결론지었다.

「아주 좋아요. 무척 진지한 아가씨니 우리 아들한테 딱 맞을 것 같군요. 아주, 심지어 과할 정도로 똑똑한 녀석인데 프랑스어 점수가 엉망이에요. 매일 와줄 수 있나요?」

나는 깜짝 놀라 눈을 휘둥그레 떴다. 일이 그렇게 빨리 진척될 거라고는 예상치 못했기 때문이었다.

「그래 줄 수 있겠어요?」

그는 놀라 자빠질 액수를 제안했다. 나는 일단 받아들이고 이렇게 덧붙였다.

「근데 제가 아드님 마음에도 들어야 하잖아요.」

「어째서요? 당신은 완벽 그 자체예요. 그 녀석이 당신을 마음에 안 들어 하는 그런 터무니없는 일은 없을 겁니다.」

그가 수업료 봉투를 건네고 날 거실로 데려갔는데, 한 남자아이가 책상다리를 한 채 바닥에 앉아 멍한 표정으로 기다리고 있었다. 그 아이가 일어나서 나에게 인사했다.

「아가씨, 우리 아들 피를 소개하겠소. 피, 이쪽은 도누아 선생님이셔. 매일 와서 네 프랑스어 수업을 도와주실 거야.」

「매일?」 소년이 걱정스럽다는 표정으로 외쳤다.

「기쁨을 좀 감추렴, 이 무례한 녀석아! 프랑스 대학 입학 자격시험을 통과하려면 그래야 해.」

「대학 입학 자격시험이라뇨?」 내가 물었다. 「벨기에 교육 제도에는 그런 게 없는데요.」

「피는 프랑스 고등학교에 다니고 있어요. 자, 서로 인사 나누게 나는 이만 가보리다.」

아버지가 거실을 나서자마자 아들은 나에게 지나칠 정도로 공손하게 굴었다. 우리는 그의 공책들이 쌓여 있는 탁자 앞에 앉았다.

「프랑스어로 자신을 소개해 봐요.」

「내 이름은 피 루세르, 열여섯 살이고 스위스 국적이에요. 아버지 이름은 그레구아르 루세르, 직업은 외환 딜러예요.」

외환 딜러? 난 그게 뭘 하는 직업인지 감조차 잡지 못했지만 티를 내지는 않았다.

「우리는 얼마 전에 브뤼셀로 이사 왔어요.」

「그 전에는 스위스에서 살았니?」

「개인적으론 거기 한 번도 가본 적 없어요. 뉴욕에서 태어났고 케이맨 제도에서 학교를 다녔거든요.」

「거기에도 학교가 있니?」

「그걸 학교라 부를 수 있다면요.」

나는 제자의 아버지가 지닌 석연치 않은 면모들에 관해 꼬치꼬치 캐묻는 걸 자제했다.

「어머니는?」

「카롤 루세르, 무직. 난 외아들이고요.」

「좋아. 너, 독서 장애가 있다지? 설명해 보렴.」

「난 읽어 내질 못해요.」

나에게는 그 말이 아무 의미도 없는 것 같았다. 그래서 눈에 띄는 첫 책, 『적과 흑』을 집어 첫 페이지를 펼치고는 그에게 건넸다.

「큰 소리로 읽어 보렴.」

완전한 재앙. 그는 단어마다 걸렸는데, 단어들이 그

의 입에서는 대부분 거꾸로 튀어나왔다.

「소리를 안 내면 읽을 수 있니?」

「모르겠어요.」

「모르겠다니, 그게 무슨 말이니?」

그가 갑자기 덜덜 떨기 시작했다.

「너의 주된 관심사는 뭐니?」

「무기요.」

불안한 눈길로 그를 바라보았다. 그가 불안해하는 내 모습을 보고 웃었다.

「안심하세요, 폭력적이진 않으니까. 무기에 관심이 많지만, 소지하고 있지는 않아요. 난 인터넷에서 소총, 검, 총검같이 아름다운 무기를 구경하는 걸 좋아해요. 그런 주제들에 관해 자료도 수집하고요.」

「그러니까 그런 주제들에 관한 글들은 읽는 거네?」

「예.」

「그럼 읽을 줄 아는 거야.」

「그건 아무런 관계도 없어요. 무기라는 주제가 내 관심을 끌 뿐이에요.」

「그럼 네 관심을 끌 만한 소설을 읽으면 되겠구나.」

그가 그런 건 존재하지 않는다고 말하는 것 같은 난감한 얼굴로 날 쳐다보았다.

「중학교에서는 어떤 책들을 읽어야 했니?」

질문 자체를 아예 이해하지 못하겠다는 듯한 아연실색한 표정. 나는 다른 용어들을 사용해서 문장을 재구성했다.

「학교에서 의무적으로 읽어야 했던 책들, 기억나니?」

「의무적으로 읽어야 했던 책? 그들은 절대 그따위 짓을 감행하지 못했을 거예요.」

갱단 보스에게나 어울릴 법한 표현에 나는 피식 웃음이 나왔다.

「그러니까 소설 한 권을 처음부터 끝까지 읽어 본 적이 없단 말이지?」

「일부분만 읽어 본 적도 없어요. 그러니까 내가 저걸 읽어야 해요?」 그가 『적과 흑』을 가리키며 물었다.

「물론이지. 아주 훌륭한 고전인 데다가, 넌 저 책을 읽기에 이상적인 나이야.」

「어떻게 해야 하죠?」

「비결은 없어. 그냥 펼쳐서 읽으면 돼.」

「그럼 선생님은 뭘 하시는데요?」

「내가 너 대신 책을 읽어 줄 거라고 기대했니?」

「저 책, 이미 읽으신 거 아니에요? 그럼 그냥 내용을 이야기해 주면 되잖아요.」

「독서는 남이 해줄 수 없는 거야. 잘됐다. 스탕달을 읽으면 얼마나 재미있는데!」

소년은 세상에 뭐 이런 멍청이가 다 있나 하는 눈길로 날 쳐다보았다.

수업이 그리 오래 진행되질 못해서 나는 잠시 딴 얘기로 시간을 끌었다.

「이름이 피Pie라고? 아주 멋진 이름이네. 피라는 이름을 가진 사람은 처음 만나 봐.」

「끝에 〈e〉가 없으면 더 좋았을 것 같아요.」

「수학을 좋아하니?」[3]

「예, 무척 좋아해요. 적어도 그건 지적이잖아요.」

나는 그 공격을 무시했다.

「재미있구나. 요즘 피아Pia라는 이름은 많이 쓰지만, 남성형인 피는 아니지. 아마 그 이름을 썼던 마지막 교

---

3 〈Pie〉에서 〈e〉가 빠지면 원주율을 뜻하는 〈pi(π)〉가 된다.

황 때문인 것 같아.」

「대체 무슨 말씀을 하시는 거예요?」 질문에 경멸감이 묻어났지만 나는 모르는 척했다.

「비오[4] 12세라고 못 들어 봤니? 제2차 세계 대전 기간의 교황이었어. 쇼아[5]에 반대하지 않았을 뿐 아니라, 심지어 그것을 두둔하기까지 했지.」

「그 사람 때문에 부모님이 나한테 그 이름을 붙여 준 건 아니에요.」

「물론 그렇겠지. 피는 〈신앙심이 깊다 pieux〉라는 뜻이야. 너, 기도는 하니?」

「이미 날 잘 살펴봤으니 아실 텐데요?」

내가 일어서며 말했다,

「오늘은 이만하자. 다음 수업 때까지 『적과 흑』을 다 읽어 오도록 해.」

「몇 주나 걸릴 거예요!」

「너희 아버지는 내가 매일 오길 원하셔. 그러니까 내일까지 다 읽어야 할 거야. 충분히 가능해.」

---

4 라틴어로 〈Pius〉, 프랑스어로 〈Pie〉라고 표기한다.

5 Shoah. 홀로코스트.

「잠깐만요! 난 태어나서 한 번도 책을 읽어 본 적이 없어요. 그런데 내일까지 이 두꺼운 책을 다 읽으라고요?」그가 항의했다.

그 이의 제기는 내가 보기에도 받아들일 만한 것 같았다.

「좋아, 그럼 내일 말고 모레 올게. 안녕.」

얼마나 망연자실했는지 소년은 방을 나서는 나에게 인사조차 하지 않았다.

아이의 아버지가 현관에서 날 붙들었다.

「브라보! 정말 잘 참았소! 저 녀석의 무례함은 나도 잘 못 참는데.」

「엿들으셨어요?」

「물론이오. 커다란 반사 거울 너머에서. 내 서재에서 엿듣고 엿본다오.」

「불편하네요.」

「당신을 보호하려고 그러는 거요.」

「전 제가 위험하다고 느끼지 않아요. 아드님이 전혀 폭력적이지 않다면서요. 전 그렇게 들었는데요.」

「당신이 어떻게 하는지 보고 싶었다오. 대단하더군. 딱 하나만 지적하자면, 『적과 흑』에 관해서는 양보하지 말았어야지. 내일까지 다 읽으라고 끝까지 밀어붙였어야 했소.」

「피는 태어나서 한 번도 소설을 읽어 본 적이 없어요. 그런데 피가 『적과 흑』을 단 하루 만에 읽기를 바라신다고요? 솔직히, 저한테는 피의 논거가 정당해 보였어요. 하루 더 늦춰 준 걸 후회하지 않아요. 독서에 싫증을 느끼면 안 되니까요.」

「그 아이는 단호하게 대해야 해요.」

「제가 그랬다고 생각하지 않으세요?」

「그러긴 했죠.」

「당신이 엿듣고 엿보는 걸 피도 아나요?」

「물론, 모르오.」

「솔직히, 앞으로는 그러지 말아 주시면 좋겠어요.」

그렇게 말하면서 나도 내 당돌함에 놀랐다. 학생의 아버지는 그 점이 심히 마음에 들지 않았는지 아무 대꾸도 하지 않았다. 나는 그가 자기 좋을 대로 할 거라고 짐작했다. 그는 나를 문까지 배웅해 주며 이틀 후에 다시 보자고 했다.

   길모퉁이를 돌고 나서야 봉투를 꺼내 액수를 세어 보았다. 〈아버지라는 사람, 나한테 헛소리한 건 아니었네.〉나는 쾌재를 부르면서 속으로 생각했다.

그날 저녁, 그 사람들에게서 받았던 묘한 인상에 관해 다시 생각해 보았다. 그런데 분석이 쉽지 않았다.

나는 피가 자신의 과거에 관해 털어놓은 묘한 정보들은 고려하지 않으려고 노력했다. 그래도 그 부자(父子)가 각자의 방식대로 절대적으로 낯선 세계에 속하는 사람들이라는 사실에는 변함이 없었다.

그레구아르가 취한 행동은 불쾌하기 짝이 없었다. 나한테는 일언반구도 없이 감히 자기 마음대로 내 수업을 염탐하다니, 떠올리기만 해도 소름이 돋았다. 그와는 별개로, 그 남자에게서는 나와 어울리지 않는 뭔가가, 내가 정의할 수 없는 뭔가가 풍겨 나왔다.

어쨌거나 내가 맡은 임무는 아버지가 아니라 아들을 돌보는 것이었다. 그나마 아들에게는 마음이 갔다. 나는 그가 느끼는 불안을 이해했다. 열여섯 살 사춘기를 살아 내는 일, 그건 큰 시련이었다. 하물며 케이맨 제도를 떠나, 인간의 온기가 느껴지는 도시라고 늘 과대 포장되는 브뤼셀에 오게 됐는데 왜 안 그럴까. 게다가 한 번도 책을 읽어 본 적이 없단다! 그 책임을 학교에 돌리는 건 좀 궁색해 보인다. 부모가 그에게 책을 좀 읽어 보라고 권할 수도 있지 않았을까? 아들이 『적과 흑』을 하룻밤에 독파하기를 바라는 것으로 보이는 아버지는, 지난 16년 동안 그에게 독서의 행복을 알려 줄 생각을 한 번도 해본 적이 없다는 말인가?

나는 피보다 기껏해야 세 살 많았다. 그런데 나에게는 책 읽기가 지극히 자연스러운 일이었다. 우리 어머니는 내 침대 머리맡에 앉아 페로[6]의 동화들을 읽어 주었다. 그 마법서들의 사용법을 나 스스로 찾아낸 것도 당연한 일이었다. 나는 여덟 살 때부터 엑토르 말로,[7]

6 Charles Perrault(1628~1703). 프랑스 동화 작가, 시인, 평론가. 「신데렐라」, 「빨간 모자」, 「푸른 수염」 등의 민담을 묶어 동화집을 집필했다.

쥘 베른, 세귀르 백작 부인[8] 같은 마법사들의 기적적인 세계에 중독이라도 된 듯 빠져들었다. 학교는 그 틈새를 파고들기만 하면 됐다.

〈한창 독서 중이겠네.〉 나는 피를 생각하며 속으로 중얼거렸다. 얼마나 읽었을까? 그는 쥘리앵 소렐[9]을 자신과 동일시할까, 아니면 싫어할까? 그 소년은 상태가 영 좋지 않아 보였다. 통상적인 사춘기의 위기 증상일까, 아니면 다른 게 있는 걸까?

외모만 놓고 볼 때, 나는 그가 잘생겼다고 생각하지 않았다. 그렇다고 못생긴 것도 아니었다. 그 나이 때는 으레 그렇듯 몸이 비쩍 마르고 행동이 서투를 뿐이었다. 아버지를 닮았냐고? 내가 보기에는 전혀 아니었다. 아버지를 싫어하는 기색이 역력했다. 그 점에 관해서는 그가 이해되고도 남았다!

---

7 Hector Malot(1830~1907). 프랑스 소설가. 아동 문학의 걸작 『집 없는 아이 Sans famille』로 세계적 명성을 누렸다.

8 La comtesse de Ségur(1799~1874). 프랑스 동화 작가. 『소피의 불행 Les Malheurs de Sophie』, 『당나귀 카디숑 Mémoires d'un âne』 등을 썼다.

9 『적과 흑』의 남자 주인공.

이틀 후, 피는 아버지가 없을 때 보이는 공손한 태도로 날 기다리고 있었다. 나는 소파에 앉았고, 그에게 내 옆자리를 가리켰다.

「『적과 흑』은 다 읽었니?」

「예.」

「어때?」

「그냥 다 읽었어요. 나한테 시킨 게 그거 아니에요?」

「맞아. 그 책에 대해 어떻게 생각해?」

「책을 읽는 것 말고도, 거기에 대해 뭔가 생각까지 해야 했나요?」

「당연하지.」

「선생님이 〈생각한다〉라고 부르는 게 뭔데요?」

「그 소설, 좋았니?」

「아뇨! 물론 아니죠.」

「거기에 〈물론〉이 왜 들어가?」

「책 읽을 시간에 그보다 나은 수많은 활동을 할 수도 있었으니까요.」

「예를 들면?」

「수학 공부 같은 거요.」

「그게 그 책이 싫은 본질적인 이유가 못 된다는 건 인정하렴.」

「본질적인 이유를 원하세요? 그럼 그렇다고 말을 하지 그랬어요. 맙소사, 그 책, 여자애들을 위한 문학이라 나한테는 끔찍했어요.」

「쥘리앵 소렐은 여자가 아니잖아. 스탕달도 마찬가지고.」

「여자애들이나 읽으라고 쓴 이야기라는 게 느껴지던걸요. 스탕달의 목표는 여성 독자들이 쥘리앵 소렐에게 푹 빠져들게 하는 거예요.」

「쥘리앵에게 매료된 남성 독자도 많아.」

「당연하겠죠. 동성애자들도 있으니까.」

「동성애자뿐만이 아냐.」

「어쨌든 난 아니에요. 그 작자가 싫어요.」

「그럴 수도 있지.」

「치사한 놈!」

「네 관점도 이해는 돼.」

「내가 그 책을 좋아할 거라고 기대했어요?」

「난 아무것도 기대하지 않았어.」

「당신은, 당신은 그 책 좋아해요?」

「내가 무척 좋아하는 소설 중 하나야.」

「그럼 쥘리앵도 좋아하겠네요?」

「그건 확답을 못 하겠어. 어떤 소설을 좋아한다고 해서 반드시 그 등장인물도 좋아하는 건 아니지.」

「그럼, 이야기가 좋으세요?」

「응.」

「어떻게 그럴 수가 있어요? 야망에 관한 이야기니까 벌써 읽으나 마나이고. 게다가 그 야망이라는 것도 이런저런 우스꽝스러운 이유로 좌절되잖아요.」

「그건 도덕적 판단이야. 책을 좋아하는 건 그런 판단

과는 아무 관계도 없어.」

「그럼 종국에는 무엇과 관계가 있는데요?」

「책을 읽으면서 맛보는 쾌감과 관계가 있지.」

「난 책을 읽으면서는 절대로 쾌감을 느끼지 못할 거예요.」

「그건 모르는 거야. 그 책은 너한테 쾌감을 주지 못했지만, 다른 책은 그럴 수도 있어.」

「어떤 책이요?」

「그야 나도 모르지. 함께 찾아보도록 하자.」

뭔가 번뜩 떠올린 나는 낮은 탁자에 놓여 있는 『적과 흑』을 집어 아무 데나 펼치고는 피에게 내밀었다.

「큰 소리로 읽어 봐.」

「이 책, 싫다니까요!」 그가 버럭 소리를 질렀다.

「그건 문제가 안 돼.」

그가 화를 삭이듯 씩씩거리더니 읽기 시작했다. 도발이라도 하듯, 아무 느낌도 싣지 않고, 기계적으로, 아주 빨리 읽어 내려갔다.

「아주 좋아.」 도중에 끊기 위해 내가 말했다.

「그래서 어떻다는 거예요?」 그가 물었다.

나는 아무 대답 없이 일어나 책장을 훑어보았다.

「책이 이렇게 많은데, 한 번도 끌린 적 없었어?」

「순전히 허세예요. 그 책들, 엄마도 틀림없이 안 읽었을 거예요. 아빠는…… 가서 물어봐요.」

「왜 네가 직접 안 물어보고?」

그가 냉소를 지었다.

책장을 살펴보다 『일리아스』를 발견한 나는 그 책을 집어 다시 소파에 앉았다.

「자, 이게 다음으로 읽을 책이야.」

「뭔데요?」

「호메로스, 한 번도 못 들어봤니?」

「아주 옛날 거 아니에요?」

「그렇다고 할 수도 있지. 너, 무기에 관심이 많다고 했잖아. 이건 전쟁 이야기야.」

「그 책을 읽는 데는 시간을 얼마나 줄 거죠?」

「언제까지라고 딱 잘라 말할 순 없어. 다 읽으면 날 부르렴.」

그는 세상에 뭐 이런 멍청이가 다 있냐는 듯 날 쳐다보았다. 그의 눈빛에서 그가 날 어떻게 생각하는지를 보았다. 〈이런 바보 같은 인간, 내가 널 두 번 다시 부르지 않을 수도 있어!〉 그럴 위험이 있다는 건 알았지만, 한번 무릅써 볼 만한 가치가 있는 위험인 것 같았다.

집을 나서려는데, 염려한 대로 피의 아버지가 날 붙들어 서재로 데려갔다. 그가 거칠게 말했다.

「도대체 무슨 꿍꿍이로 그러는지 알 수 있겠소?」

나는 당황하지 않고 대답했다.

「아드님이 얼마나 잘 읽는지 들으셨잖아요?」

그는 곰곰이 생각해 보는 것 같았다.

「훨씬 나아졌다는 건 아버님도 알아차리셨죠? 피는 어떠한 단어에서도 막히지 않았어요. 음절을 거꾸로 읽은 적도 없고요.」

「하지만 높낮이 없이 아주 못 읽었잖소!」

「독서 장애를 고쳐 달라고 저한테 아드님을 맡기셨잖아요. 예술적으로 읽는 법을 가르치라는 게 아니라.」

「그렇긴 하지만, 녀석이 『일리아스』를 읽는 데 얼마나 걸리겠소? 녀석은 당신을 갖고 놀 거란 말이오!」

「두고 보면 알겠죠. 계약상 제 역할은 피가 프랑스어

수업을 잘 받게 돕는 거고, 제가 그걸 그럭저럭 잘 해내고 있는 것처럼 보이네요. 그리고 다시 말씀드리는데, 제가 수업하는 동안 훔쳐보지 않으셨으면 좋겠어요.」

그레구아르 루세르는 나에게 보수를 지급했다. 나는 인사를 하고 집을 나섰다.

『일리아스』라……. 도대체 내가 뭘 바랐던 걸까? 그건 아주 큰 도박이었다.

〈적어도 『적과 흑』하고는 아무 상관이 없는 책이잖아.〉 나는 생각했다.

열다섯 살 때 고대 그리스어 수업 시간에 아주 경건한 마음으로 번역해 보았던 『일리아스』를 꺼내 초반부를 다시 읽어 보았다. 〈이게 피에게도 내 경우와 비견할 만한 효과를 낼 거라고 기대하다니, 나도 참!〉

나는 마치 홀린 사람처럼 독서를 계속해 나갔다. 그러다 곧 피가 나와 똑같은 구절을 읽고 있을지도 모른다는 생각이 들었다. 그러면서 묘하게 불편한 감정을 느꼈는데, 그게 자꾸 거슬려서 독서를 이어 갈 수가 없었다.

〈어쨌거나 그들은 피의 독서 장애를 고쳐 주라고 날 고용했어. 그리고 그 문제는 이미 거의 해결됐어.〉 그가 책 한 권을 완독하는 것으로 충분했다. 그토록 당연한 일을 소년에게 권한 사람이 아무도 없었다고 생각하니 부아가 치밀었다. 어떻게 읽어 보라 권하지도 않고 누군가에게 독서를 가르칠 수 있단 말인가? 그건 아닌 말로 맨땅에 대고 하는 헤딩이나 다름없었다.

최근에 독서 장애가 유행병처럼 번지고 있다는 뉴스가 종종 나왔다. 내가 보기에 그 현상은 충분히 설명 가능했다. 우리는 어린 학생에게 소설 한 권을 다 읽으라고 강요하는 것이 마치 인권에 반하는 일처럼 여겨지는 우스꽝스러운 시대를 살아가고 있었다. 나는 피보다 기껏해야 세 살 위였다. 그렇다면 나는 왜 난파를 면할 수 있었을까? 우리 부모님은 특별한 방법에 의존하지 않고 아주 단순하게 자식을 교육했다. 내가 도무지 이해할 수 없는 건 독서에 자연스러운 호기심을 느끼지 못하는 청소년들이었다. 그 원인을 인터넷이나 비디오 게

임 탓으로 돌리는 건, 요즘 청소년들이 스포츠에 흥미를 잃는 게 텔레비전 방송 탓이라고 주장하는 것만큼이나 말도 안 되는 짓거리처럼 보였다.

「과외는 어떻게 돼가?」 도나트가 물었다.

나는 능력껏 설명했다. 그러자 도나트가 인상을 찌푸리며 말했다.

「수업하는 두 사람을 자기 서재에서 엿보다니, 변태 같으니!」

「내 말이. 그러지 말라고 했는데 씨알도 안 먹혀.」

「그런데도 왜 안 그만두는데?」

「보수가 좋으니까. 게다가 그 애, 아주 흥미로워.」

「설마 사랑에 빠지는 중인 건 아니겠지?」

「그 애는 이제 겨우 열여섯 살인걸!」

도나트가 웃음을 터뜨렸다.

「정말 마음이 놓이네요.」 그녀가 꿀밤이라도 한 방 먹이고 싶을 정도로 얄밉게 비꼬았다. 「다음 수업은 언젠데?」

「아직 모르겠어. 『일리아스』를 다 읽으면 연락하라고 했거든.」

「잠깐. 이제 겨우 책을 읽어 내기 시작했는데 『일리아스』를 떡하니 안겨 줬다고? 너 그 애한테 굴욕감을 주려는 거구나!」

「『적과 흑』을 싫어하더라고.」

「그러니까 호메로스는 좋아 죽을 거다! 도대체 무슨 논리인지 모르겠군.」

그 점에 관해서는 나도 같은 생각이었지만 그냥 물러서긴 싫어서 이렇게 얼버무렸다.

「며칠 편하게 지낼 수 있잖아.」

이튿날 아침, 그레구아르 루세르가 나에게 전화를 했다.

「우리 아들이 『일리아스』를 다 읽었소. 오늘 오후 정해진 시간에 와요.」

깜짝 놀란 나는 뭔가 꿍꿍이가 있는 게 아닌가 의심이 들었다. 기분이 찜찜한 상태로 등교했다. 시간이 한없이 늘어지는 것 같았다. 가장 좋아하는 어원학 수업마저 지루하게 느껴졌다.

오후 4시에 그 부잣집에 도착했다. 바닥에 누워 있던 제자가 벌떡 일어나 나를 맞이했다. 나는 그가 마약이라도 한 줄 알았다. 그는 환각에 사로잡힌 눈을 하고 있었다.

「안녕, 피.」

「오, 무사Mousa여, 아킬레우스의 분노를 노래하라…….」

「『일리아스』를 외운 거니?」

「그래야 할 것 같아요. 정말 좋았어요!」

그는 도취 상태에 빠져 있었다. 그래서 동공을 살펴봤는데, 내게는 정상으로 보였다.

「그 책 다 읽었니?」

「물론이죠! 정말 끝내줘요. 이야기의 규모가 어마어마하잖아요!」

「그래, 그렇다고 할 수 있지.」

「당신의 스탕달하고는, 방에 처박혀서 하는 사랑놀이하고는 완전히 달라요. 미국 사람들은 『일리아스』에 대해 아마 이렇게 말할 거예요. 〈It's bigger than life(이건 무엇보다도 위대해)!〉」

나는 웃었다. 잠시 후, 그가 읽은 척 허풍을 떠는 게 아닌가 하는 의심이 들어서 물었다.

「그 책을 읽으면서 지루했던 적은 없었니?」

「있었어요. 그리스 함대를 묘사하는 초반부는 정말 힘들었어요. 뭐랄까, 묘사를 읽다 보면 작가가 〈스폰서〉들을 일일이 거명하면서 감사를 표한다는 인상을 받게 돼요.」

「당시에 그런 건 없었어!」

「그랬겠죠. 그걸 뭐라 불러도 좋은데, 작가가 배들을 거론하면서 〈네임 드로핑〉[10]이 너무 심하더라고요. 마치 후원자 명부 같은 게 있고, 그리스의 명문가들이 모두 이렇게 큰소리치기 위해 거기에 이름을 넣어 달라고 요구하기라도 한 것처럼요. 〈『일리아스』를 읽어 보면 알 거야. 우리 노인네도 트로이아 전쟁에 참전했어!〉」

「그래도 배들을 찬양하는 부분, 아름답잖아.」

「내 생각에는 포세이돈의 모호한 태도를 지적하는 방식 같기도 해요. 포세이돈은 트로이아인을 지켜 주는 유일한 신으로서 그들을 보호하는 방책을 세웠어요. 폭풍우를 일으켜 그리스 함대를 침몰시킬 수도 있었고요.」

「그랬다면 전쟁은 일어나지 않았을 거야. 그런데 신

10 name dropping. 잘 아는 사람인 양 유명 인사의 이름을 들먹이는 행태.

들은 전쟁이 일어나길 바랐지.」

「그래요, 그들은 마치 인간들이 서로 싸우는 모습을 보면서 즐기는 듯했어요. 이해가 되기는 해요. 대결에 관한 이야기는 흥미진진하고 멋지잖아요. 근데 짜증 나는 건 호메로스가 그리스인을 편드는 느낌이 든다는 점이에요.」

「자신이 그리스인이니까.」

「그래서요? 난 트로이아인이 아닌데도 그들을 지지하는걸요.」

「장 지오노[11]의 서문은 읽어 봤니?」

「내가 서문을 읽는 일은 일어나지 않을 거예요. 하지만 그리스인들이 나쁜 놈들이라는 건 분명해요.」

「교활한 거지.」

「정정당당하지 않은 거죠. 그래서 그들이 싫어요. 난 트로이아 사람을 높게 평가해요. 그중에서도 특히 헥토르를요.」

「헥토르의 어떤 점이 마음에 드는데?」

11 Jean Giono(1895~1970). 프랑스 소설가. 『나무를 심은 사람』외 다수의 작품을 썼다.

「고결하고 용감하잖아요. 게다가 나랑 공통점도 있어요. 헥토르도 나처럼 천식을 앓아요.」

「천식이라는 말은 책에 안 나와.」

「안 나오죠. 하지만 헥토르의 발작에 대한 묘사를 보면 틀림없어요. 난 그 증상들을 알아볼 수 있다고요. 게다가 난 이해해요, 헥토르가 그리스인에게 알레르기가 있다는 점도!」

「그리스인 중에도 흥미로운 사람이 몇몇 있잖아. 예를 들면, 오디세우스 같은.」

「오디세우스? 개자식! 트로이아의 목마 작전은 치사함의 극치예요!」

「Timeo Danaos et dona ferentes(나는 그리스인이 두렵다, 그들이 선물을 줄 경우에도).」[12]

「맞아요. 타인의 믿음을 이용하고 거짓 휴전을 발명해 낸 당신의 오디세우스는 떠올리기만 해도 구역질이 치밀어요.」

「전쟁이니까.」

「그래서요? 아무리 전쟁이라 해도 무슨 짓이든 해도

12 트로이아 제관 라오콘이 목마를 보고 경계하라는 뜻으로 외친 말.

되는 건 아니잖아요!」

「당시에는 제네바 협정이 없었어.」

「트로이아 사람들은 그따위 끔찍한 짓은 저지를 생각조차 못 할 거예요.」

「맞아. 그래서 패한 거지.」

「그런 건 상관없어요. 옳은 건 그들이니까.」

「그럼 아킬레우스는? 매력적이지 않아?」

「최악이에요. 미군 전사를 희화한 것 같아요. 호메로스가 용기라고 묘사하는 건, 신의 보호에 기대어 자신이 천하무적이라고 믿는 멍청이의 허영심일 뿐이에요.」

「파트로클로스가 죽었을 때 아킬레우스가 흘린 눈물이 네 마음을 아프게 하진 않아?」

「기괴해요! 그런 점 역시 적군을 파리 떼처럼 몰살할 때는 일말의 가책도 안 느끼면서 누가 자기편 중 하나를 죽이면 도저히 받아들이지 못하는 미군 전사의 특성이죠.」

「자기편 중 하나가 아니라 가장 친한 친구지.」

「그는 트로이아의 가장 친한 친구들을 수도 없이 죽였는데요?」

「하지만 우정의 깊이가 눈물겹잖아!」

「아뇨. 개자식들한테도 가장 친한 친구는 있어요.」

「네가 트로이아 사람들 편을 지나치게 드는 건 아닌지 모르겠네.」

「말했다시피 난 헥토르가 좋아요. 그래서 나 자신을 그와 동일시해요. 『적과 흑』을 읽으면서는 나를 쥘리앵과 동일시할 수 없었어요. 그 멍청한 여자들은 말할 것도 없고요. 그런데 그게 헥토르한테는 저절로 돼요.」

「천식 발작 때문인 것만은 아니길 바라.」

「물론 아니죠. 헥토르의 고결함을 보여 주는 많은 사례가 있어요. 하지만 천식은 헥토르가 무엇을 혐오하는지 보여 주는 지표예요. 그 점에서 나는 그와 닮았어요.」

「어쨌거나 나로서는 대만족이야. 『일리아스』를 너처럼 읽은 사람은 단 한 번도 본 적이 없거든. 그게 바로 독서야.」

「맞아요. 하지만 불행하게도 『일리아스』는 우리 프랑스어 교과 과정에 들어 있지 않아요.」

「모든 소설은 또 한 편의 『일리아스』 혹은 『오디세이아』라는 문학 이론이 있어. 따라서 문학 입문으로 그보다 나은 건 꿈도 꿀 수 없을 거야.」

「내가 잘 이해한 거라면 『오디세이아』도 읽어야겠네요?」

「물론이지. 인상 쓰지 마. 『일리아스』를 무척 좋아했잖아!」

「『오디세이아』는 오디세우스 이야기잖아요. 이미 말했듯이, 난 그 사람이 마음에 안 들어요.」

「『오디세이아』에 나오는 오디세우스는 상당히 달라. 어쨌거나 『일리아스』에 대한 너의 반응이 너무 만족스러워서 『오디세이아』에 대한 반응도 알아보고 싶어.」

「내가 괜한 짓을 했네요.」

나는 웃으면서 방을 나섰다. 염려한 대로 현관에서 피의 아버지가 날 붙들었다.

「루세르 씨, 수업 염탐하는 거 싫다고 했잖아요.」 내가 성깔을 부렸다.

「방금 둘 사이의 대화를 듣고 놀라서 아직 입을 다물 수가 없소. 녀석이 나한테 『일리아스』를 다 읽었다기에 거짓말을 하는 줄 알았다오.」

「제 생각이 그리 나쁘지 않았다는 거, 보셨죠?」

「인정하겠소.」

「그러니까 이제 절 믿고 우릴 염탐하는 일은 그만두세요.」

「내가 믿지 못하는 건 당신이 아니오.」

「아버님이 거울 뒤에서 수업을 지켜보시는 걸 피가 알게 되면 화가 나서 길길이 날뛸 거예요. 저라도 그럴 테니까요.」

「난 피를 깊이 사랑하오.」

「그걸 증명하는 방식이 아주 이상하네요.」

「날 심판하지 마시오.」

「하지만 아버님은 아버님 좋을 대로 절 심판하시잖아요. 어제 아버님이 하셨던 말씀 전 잊지 않았어요. 아버님은 절 미쳐 날뛰는 여자로 취급하셨어요.」

그 전날 그곳을 나서면서 나 역시 자신을 미쳐 날뛰는 여자로 여겼다는 사실을 드러내지 않기 위해, 고개를 빳빳이 쳐들고 그곳을 나섰다.

루세르 씨가 다시 나에게 전화를 걸 때까지는 나흘이 걸렸다.

　나는 그날 오후에도 정해진 시각에 도착했다. 문을 열어 주러 나온 건 피였다. 그는 늘 나를 불편하게 하는, 하지만 다행스럽게도 말을 시작하면 사라지는 지극히 공손한 태도로 나를 거실로 안내했다.

　「『일리아스』는 하루 만에 읽었는데, 『오디세이아』는 나흘이나 걸렸네. 설명해 봐.」

　「피곤해서 그랬어요. 『일리아스』를 읽느라 하룻밤을 꼬박 새웠거든요.」

　「이해해. 그것 말고는?」

「『오디세이아』도 좋았어요. 『일리아스』보단 못하지만. 한 사람의 이야기밖에 안 나오잖아요.」

「그렇지 않아.」

「그래요, 동료들도 있고 아내와 아들도 있긴 하죠. 하지만 부차적인 인물들이잖아요. 『일리아스』는 아킬레우스의 이야기가 아니에요. 두 인간 집단이 대결을 벌이는 내용이죠.」

「네가 오디세우스를 싫어해서 그런 거야.」

「맞아요. 헥토르와 오디세우스를 동시에 좋아할 수는 없어요.」

「세상 끝날 때까지 헥토르한테만 사로잡혀 있진 마.」

「왜 그러면 안 되죠?」

「좋아, 헥토르는 이전 에피소드에서 죽었어. 이제 페이지를 넘기자고. 오디세우스가 뭘 그렇게 잘못했는데?」

「거짓말을 밥 먹듯이 하잖아요!」

「아니. 계책을 부리는 거지. 안 그러면 죽으니까.」

「나 같으면 그냥 죽고 말겠어요.」

「그가 죽으면 『오디세이아』도 없겠지.」

「난 『일리아스』로도 충분해요.」

「지난번에는 아주 명석하더니 오늘은 바보 같은 소리만 늘어놓네.」

「죄송해요. 난 전쟁 이야기가 좋아요. 전쟁을 직접 겪는 건 싫겠지만, 책으로 읽으니 정말 좋아요! 앞으로 전쟁이 일어나지 않으면, 문학은 다시 사랑과 야망의 이야기가 되고 말 거예요.」

「『오디세이아』에는 야망과 사랑 외에도 많은 것이 담겨 있어.」

「맞아요. 외눈박이 거인, 내 마음에 쏙 들었어요.」

「아, 그나마!」

「난 거기서도 오디세우스가 폴리페모스에게 잘못했다고 생각해요.」

「그가 동료들과 함께 죽임을 당했으면 더 좋았겠어?」

「그건 아니지만, 그래도 난 폴리페모스가 좋아요. 그가 그렇게 당해서 마음이 아파요. 설마 오디세우스가 나우시카아한테도 잘했다고 말하려는 건 아니겠죠?」

「나우시카아한테는 아무 짓도 안 하잖아.」

「지금 농담하세요? 나우시카아 앞에 벌거벗고 서서 자신의 삶에 대해 아무것도 모르는 그녀한테 낯 뜨거운 말을 늘어놓잖아요. 그러고는 나우시카아의 아버지가 자신을 도와주자마자 그녀를 버리고 떠나고요.」

「아내한테 돌아가야 하니까.」

「아내 생각을 하려면 진작에 했어야죠! 불쌍한 나우시카아는 어떻게 되겠어요?」

「난 네가 젊은 여자에게 연대감을 느낄 거라고는 상상하지 못했어.」

「그냥 대놓고 내가 짐승 같은 놈인 줄 알았다고 말하지 그래요?」

「넌 아주 흥미로운 독자야. 내가 잘 이해한 거라면, 앞으로는 너한테 전쟁에 관한 책들만 제안해야 할 것 같네.」

「지난 나흘 동안 뭐 했어요?」

「난 대학생이라서 공부하는 게 일상이야. 그에 관해서는 말할 게 별로 없어.」

「남자 친구 있어요?」

「네 알 바 아냐.」

「미리 말해 두는데, 난 여자 친구가 없어요.」

「내가 널 따라 해야 하는 건 아니지.」

「날 가르친다고 해서 나이 많은 꼰대처럼 굴지 말아요. 아빠가 당신 나이 말해 줬어요. 나보다 겨우 세 살 많다면서요.」

「네 아버지는 이런 종류의 대화나 하라고 나한테 돈을 주는 게 아니야.」

「돈 때문에 여기 오는 거예요?」

「그럼 너는 내가 너의 아주 특별한 매력 때문에 온다고 생각하니?」

「입이 험하시네요.」

「넌 오디세우스의 이타케 귀환에 관해서는 말하지 않았어.」

「난 활 이야기가 약간 상스러운 성적인 비유라고 생각해요.」

「고대 그리스어가 아니라 프랑스어로 읽으면 더 그렇지.」

「고대 그리스어로 읽었어요?」

「내가 문헌학을 전공하잖아.」

「사실 당신은 열아홉 살이 아니라 여든 살은 족히 먹은 사람 같아요.」

「맞아. 오디세우스의 이타케 귀환에서 달리 마음에 들었던 내용은 없어?」

「솔직히 그 일화는 그다지 재미없었어요.」

「오디세우스의 늙은 개가 주인을 알아보고는 좋아 죽으려고 하잖아. 그 부분 감동적이지 않았어?」

「아뇨, 도무지 말이 안 되잖아요. 개는 그렇게 오래 살지 못해요.」

「그런 종류의 디테일에 연연해선 안 돼. 오디세우스가 20년 만에 돌아왔다는 호메로스의 말은 이야기를 전하는 하나의 방식일 뿐이야. 그냥 그렇다는 거지.」

「그 책을 이미 다 읽어 치워서 다행이네요. 선생님한테 그따위 논거를 미리 들었다면 역겨워서 그 책을 펼쳐 보지도 않았을 테니까요.」

「호메로스는 대대로 구전되던 노래들을 최초로 문자로 기록해. 음영(吟詠) 시인들의 후계자로서 그들의 코드를 존중하려고 애쓰지. 시간을 대충 어림하는 것도 그런 코드 중 하나야.」

「청중을 사로잡기 위한 술수도 군데군데 느껴져요. 예를 들면, 시퀀스의 리듬 같은 거요. 각각의 모험은 일정 수의 행으로 구성되고, 그런 구성은 액션을 절정으로 이끌 동안 이어져요. 그런 다음에는 느슨해지죠. 관객이 화장실에 다녀올 수 있게.」

내가 웃으며 말했다.

「잘 봤어. 『일리아스』와 『오디세이아』를 문자로 기록하라는 명령을 내린 건 페이시스트라투스라는 폭군이었어. 방대하고, 혁명적이고, 전례가 없는 집필 계획이었지. 음영 시인들은 역사를 통틀어 가장 아름다운 작품이 영원히 변질될 거라며 입을 모아 성토했어. 무엇보다 안 좋은 점은 그들의 주장이 옳았을지도 모른다는 사실이야. 구전을 문자로 옮기는 과정에서 많은 부분이 훼손되었을 가능성을 배제할 순 없어. 하지만 그렇게라도 하지 않았다면, 그 노래들은 오늘날 흔적도 없이 사라져 버렸을 거야.」

「당시 독자들도 그런 기록에 반대했나요?」

「정반대였지.」

「어떻게 알 수 있죠? 기원전 5세기의 책 판매 순위가 남아 있기라도 하나요?」

「아니. 그보다 많은 걸 보여 주는 다른 지표가 있어.

책 출간과 함께 문학 비평이 탄생했거든. 조일로스라는 비평가가 있었는데, 호메로스가 날품팔이처럼 글을 쓴다고 혹평했지. 그러자 사람들이 그를 붙잡아 목매달아 버렸어.」

「아주 재밌네요!」

「됐고. 로토파고스족 일화를 큰 소리로 읽어 봐.」

「하필이면 왜 그 이야기죠?」

「내가 좋아하니까.」

나는 『오디세이아』에서 해당 페이지를 펼쳐 그에게 내밀었다. 피는 여전히 표현력이 부족하긴 했지만 단 한 번도 버벅거리지 않고 읽어 내려갔다.

「넌 이제 독서 장애가 없어. 내 임무는 끝났어.」

소년은 황당하다는 표정을 지었다.

「너희 아버지는 너의 독서 장애를 고치기 위해 날 고용했어. 넌 이제 치료됐어.」

「내가 프랑스 대학 입학 자격시험을 통과하려면 당신이 있어야 해요!」

「생떼 좀 쓰지 마. 너한테는 내가 전혀 필요하지 않아. 넌 특출한 재능으로 『일리아스』와 『오디세이아』를 읽어 냈어. 소수의 성인 독자만이 해내는 방식으로 그 책들에 관해 논했고.」

「『일리아스』도, 『오디세이아』도 교과 과정에 없어요.」

「상관없어. 어려운 걸 해내는 사람에게 쉬운 건 거저먹기니까. 솔직히, 현대의 독자들은 스탕달보다 호메로스를 훨씬 어려워해.」

「내 의견은 달라요.」

「이건 의견의 문제가 아니야. 객관적인 데이터지.」

「좋아요, 이해했어요. 더는 날 돌봐 주고 싶지 않은 거죠?」

「그렇지 않아. 나 자신을 속이고 싶지 않아서 그런 거야. 그게 다야.」

「당신 자신을 속일 일은 없어요. 제발 날 맡아 줘요.」

그가 격렬한 동시에 애원하는 말투로 말했다.

「도무지 이해가 안 돼. 넌 나에게 짜증 이상의 반응을 보였어. 내가 매일 오게 되어 있는데도 나흘이 지나서야 연락했고.」

「미안해요. 두 번 다시 그런 일은 없을 거예요.」

「사과하지 않아도 돼. 나한테는 네 태도가 논리적으

로 보였으니까. 이해할 수 없는 건 바로 지금의 너야. 너한테 내가 필요하다는데, 도대체 왜지?」

「당신은 문학에 대한 내 흥미를 일깨우는 데 성공했어요.」

「그래. 그럼 된 거잖아.」

「아뇨. 당신이 없으면 그것도 더는 존재하지 않아요.」

당황한 나는 그를 빤히 쳐다보았다. 그는 비탄에 빠진 기색이 역력했다. 누군가의 눈길에서 내가 얼마나 절실히 필요한 존재인지 읽은 것은 그때가 처음이었다.

감명받은 동시에 난감해진 나는 이튿날 다시 오겠다고 얘기했다.

「고마워요.」 그가 그렇게 말하고는 황급히 방을 뛰쳐나갔다.

〈뭐 이런 정신 나간 집안이 다 있지?〉 집을 나서며 생각했다. 미처 그 생각이 끝나기도 전에, 그레구아르 루세르가 두 눈을 반짝이며 나를 붙들었다.

「브라보, 앙주 양.」

〈저 변태를 잊고 있었네!〉 속으로 생각했다.

「능숙하게 잘 다뤘어요.」

「뭘요?」

「우리 아들은 봐줄 수 없을 정도로 무례했소. 그런데 당신은 놀라운 솜씨로 녀석의 코를 납작하게 눌러 주더군요.」

「아드님은 그 또래치고 지극히 정상적일 만큼만 무례했어요. 난 날 방어할 필요도 못 느꼈고요. 이젠 독서 장애도 다 해결되었는데, 피가 왜 아직 내 도움이 필요하다고 하는지 모르겠네요.」

「그건 그 녀석 말이 맞소. 프랑스어 과목에서는 아직 열등생이니까.」

「표현도 잘하고, 평균보다 훨씬 더 잘 읽는데요?」

「당신이 자극을 주니까 그런 거요.」

「그럼 왜 직접 자극을 주지 않으시죠?」

「난 그럴 시간이 없소.」

「수업을 훔쳐볼 시간은 있고, 피와 얘기를 나눌 시간은 없나요?」

그가 한숨을 쉬었다.

「아들과의 관계에 문제가 있소.」

「오히려 그걸 바로잡아야 하는 거 아닌가요?」

「프랑스 대학 입학 자격시험 날짜가 다가오고 있소. 심층 심리학은 다음에 탐구하도록 합시다.」

「피가 어머니와의 관계에도 문제가 있나요?」

「아니, 전혀.」

「그럼 왜 어머니는 자극을 주지 않으시죠?」

그가 냉소를 지었다.

「어떻게 설명해야 할까? 그 사람은 그리 자극적인 타입이 아니오.」

나는 그가 아내를 경멸한다는 걸 느꼈고, 내가 그를 얼마나 혐오하는지도 알았다. 그도 그런 인상을 받았는지 바로 그 순간을 택해 수업료가 든 봉투를 내밀었다.

「나흘 치를 계산해 넣었소.」

「왜요?」

「당신의 일정에서 매일 그 시간을 비워 뒀을 테니까 보수를 주는 게 맞지. 저 같잖은 녀석이 무례하기 짝이 없는 태도를 보이기도 했고.」

「『오디세이아』를 읽는 데 나흘이 걸린 게 이상하다는 생각이 들지는 않네요.」

「그 책을 다 읽지 않았어도 당신을 부를 수 있었소. 당신은 당신 생각보다 훨씬 큰 도움을 우리에게 주고 있다오, 앙주 양.」

〈우리?〉 나는 생각했다. 하지만 한시라도 빨리 그곳을 벗어나고 싶은 마음이 더 컸다. 거리로 나오자마자 크게 심호흡을 했다.

그 수업 때문에 기분이 얼마나 찜찜했던지, 도나트가 꼬치꼬치 캐묻자 오히려 마음이 놓이기까지 했다.

「그 꼬마가 『일리아스』를 무척 좋아했어. 하루 만에 읽어 치우고는 놀라울 만큼 탁월하게 그 책에 관해 논하더라니까.」

「그래서 표정이 그 모양이야?」

나는 그녀에게 자초지종을 얘기해 주었다. 그녀가 인상을 찌푸리며 말했다.

「뭐 그런 아버지가 다 있냐?」

「그치?」

「외환 딜러라는 게 뭐 하는 직업이야?」

「사전을 찾아봤는데, 〈은행에서 환전을 담당하는 전문가〉라고 나오더라고. 내 생각에는 덜 깨끗한 다른 의미가 있는 것 같아. 어마어마하게 부자인데, 뭔가 구린 냄새가 나. 케이맨 제도에서 15년 동안 살았대.」

「구려도 한참 구리네. 너, 그 과외 때려치우는 게 낫겠어!」

「그 애만 아니면 나도 당장 그만두고 싶어. 오늘 오후에는 자기 곁에 있어 달라고 통사정을 하는데, 정말이지 깊은 슬픔이 느껴지더라. 버릇없이 자란 악동의 변덕은 아니었어.」

「그 애가 마음에 드는 거지, 아냐?」

「천만에. 하지만 흥미롭긴 해. 짠한 구석도 있고.」

「걔한테 모성애를 느끼기에 넌 아직 너무 어려.」

「사랑과 모성애 말고 다른 애착도 있어.」

「그래? 예를 들면 어떤 거?」

「우정. 호기심.」

「호기심도 애착이야?」

「응, 이 경우에는.」

그때부터 주중에는 매일 루세르 가족의 집으로 갔다. 내 임무는 이제 독서 장애를 고치는 게 아니었기 때문에 나는 그에게 이런저런 세상사를 얘기해 주며 시간을 보내곤 했다. 그래서 루세르 씨에게 호된 잔소리를 들어야 했다.

「비행선에 관한 대화를 나누던데, 그 주제가 그리 문학적이진 않은 것 같았소.」

「모든 것은 문학적일 수 있어요.」

「물론 그렇긴 하지. 하지만 둘이 수다를 떨며 취한 관점은 그렇지 않았소.」

「피에게는 자극이 필요하다고 말씀하셨잖아요. 절 믿고 맡겨 두세요.」

「난 당신을 믿는다오.」

「그래서 그렇게 계속 염탐하세요?」

「내가 염탐하는 건 당신이 아니라 그 애요.」

「뭐가 그렇게 걱정되세요?」

「당신에게 버르장머리 없이 굴까 봐 걱정되오.」

「그 얘긴 이미 했잖아요. 전 자신을 지킬 능력이 있어요. 정말 무례한 건 아버님의 염탐이에요.」

「앙주 양, 받아들이든지 그만두든지 둘 중 하나를 택해야 하오.」

그 남자가 싫었다. 하지만 점점 더 흥미로워지는 피하고는 갈수록 말이 더 잘 통했다.

실제로 그는 비행선 얘기를 자주 꺼냈다. 비행선이 거의 사라지다시피 해서 슬프다면서.

「막대한 비용이 들어서 그렇다는 건 논거가 못 돼요. 비행기, 우주 탐사, 이런 것들도 비용이 어마어마하게 들잖아요. 너무 거대해서, 그래서 특히 지상에서는 실용성이 너무 떨어져서 포기했다. 이게 진실이에요. 비행선 격납고의 규모를 상상해 본 적 있어요? 난 생각만 해도 가슴이 벅차요. 격납고에 있는 거대한 비행선을 한 번이라도 구경해 보고 싶어요.」

「불가능할 것 같진 않은데.」

「나도 알아봤는데, 요즘에는 비행선이 광고에만 사용되기 때문에 광고 대행사를 거쳐야 한대요. 그래서 좀 꺼려져요.」

「화재에 취약하지 않나?」

「맞아요. 그것도 비행선의 문제 중 하나죠. 충격에 약하다, 비싸다, 거추장스럽다 등 다른 문제도 정말 많지만. 하지만 소리 없이 우아하게 하늘을 나는 그 고래들은 너무나 아름다워요. 예외적으로, 인간이 시적인 뭔가를 발명한 거죠!」

「그 열정도 무기에 대한 네 관심의 일부니?」

「꼭 그렇지는 않아요. 비행선을 전쟁용으로 사용하는 건 재앙이나 다름없다고 밝혀졌어요. 그처럼 섬세한 기구는 평화 시에만 제 역할을 하죠. 하지만 그 역할을 광고에만 한정해서 슬퍼요. 난 비행선 에이전시를 세우고 싶어요. 할 수만 있다면, 내가 그것들을 직접 운전할 거예요. 그걸 타고 여행하고 싶어 하는 사람들에게 빌려주기도 하고요.」

「한번 해보지 그래?」

「아빠 말이 불가능하대요. 요즘 사람들은 머리 위로 거대한 수소 폭탄이 돌아다니는 걸 참지 못할 거래요. 난 이해가 안 돼요. 요즘 사람들, 보기에 아름답지도 않은 온갖 위험을 아무렇지도 않게 받아들이잖아요! 아빠 말로는 내가 현실에 대한 의식이 전혀 없대요.」

「넌 어떻게 생각해?」

「아빠가 말하는 현실이라는 게 뭔지, 그것부터 알아야겠죠.」

아들이나 아버지나 현실감 결핍으로 고통을 겪고 있는 게 분명했다. 하지만 나는 그 점에 관해서는 입을 다물었다. 나에게는 그레구아르 루세르의 결핍이 훨씬 심각해 보였다. 돈을 어마어마하게 버니까 실재 세계에 더 가깝다고 믿는다는 점에서.

어느 날, 마흔 살 정도로 보이는 세련된 여성이 문을 열어 주었다.

「드디어 이렇게 만나네요!」 그녀가 소리쳤다. 「아들이 당신 얘길 어찌나 해대는지.」

「안녕하세요, 어머님.」 나는 이렇게만 말했다. 감히 그녀의 아들이 그녀 얘긴 한 번도 한 적이 없노라고 밝힐 수는 없어서.

그녀는 피가 곧 올 거라고 말했다. 내 호기심이 너무 적나라하게 드러나지 않기를 바라면서 그녀를 곁눈질했다. 반면에 그녀는 거리낌 없이 나를 빤히 쳐다보면서 나라는 인간의 디테일을 하나하나 관찰했다.

「치마가 마음에 쏙 드네요. 한번 만져 봐도 될까요?」

그녀는 내 대답을 기다리지도 않고 옆에 와서 앉더니 치마의 천을 만지작거렸다.

「모델이 아주 독창적이에요. 이런 디자인의 치마를 입으려면 당신처럼 날씬해야 하겠죠. 몸무게가 얼마나 나가요?」

질문이 끝없이 이어졌다. 무척 거북했지만 일일이 대답을 하다가 어느 순간 공격이 최선의 방어라는 사실을 깨달았다.

「어머님은 주로 뭘 하면서 지내세요?」

그녀가 질문을 해줘서 기쁘다는 듯 환하게 웃고는 밝히기 부끄러운 척 빼다가 이렇게 털어놓았다.

「난 수집가예요.」

그녀는 내가 또 캐물을 거라고 확신하며 기다렸다. 그래서 물었다.

「뭘 수집하시는데요?」

카롤 루세르는 부리나케 달려가서 노트북을 들고 왔다. 비밀번호를 몇 번 누르고는 나에게 소스 그릇을 보여 주었다.

「소스 그릇을 수집하세요?」

그녀가 깔깔거리며 웃었다.

「아뇨, 정말 재미있으시네요! 난 자기로 된 골동품을 수집해요. 이 소스 그릇은 내가 가장 최근에 매입한 거고요. 루트비히 2세의 소장품이었죠.」

나에게는 그 소스 그릇이 루트비히의 치세에 접근하는 세상에서 가장 흥미롭지 못한 방식처럼 보였다. 하지만 예의상 말했다.

「정말 멋지네요!」

「그렇죠?」

잠시도 입을 다무는 법이 없는 그녀는 하나같이 저명한 가문에서 사들인 상당수의 잔, 잔 받침, 접시, 핫초콜릿 주전자, 정과 그릇 따위의 사진을 보여 주었다. 맨 처음 15분 동안 나는 지루해 죽는 줄 알았다. 그런데 두 번째 15분 동안은 차라리 지루함을 바랐다.

「이 진기한 물건들을 어디에 보관하세요?」

「보관하다뇨?」

「이 수집품들은 공간도 많이 차지할 테고, 특별한 방식으로 관리해야 하잖아요.」

그녀는 한동안 당황한 표정을 짓고 있다가 말도 안 되는 나의 지적을 한마디로 잘라 버렸다.

「그런 건 나랑 상관없어요.」

「대신 맡아서 관리해 주는 사람이 있나 보군요.」

「무슨 얘길 하는지 한마디도 알아듣지를 못하겠네요.」 그녀가 짜증을 내기 시작했다.

문득, 나는 알아차렸다.

「아, 이 물건들을 한 번도 손에 쥐어 보신 적이 없군요! 그냥 인터넷에서 사들이고, 그것들은 계속 거기 있는 거고요!」

어딘지 알 수 없는 장소를 지칭하는 〈거기〉가 문제의 매듭이었다.

「물론이죠.」 그녀는 내가 잠깐 사이에 다른 생각을 떠올릴 수 있었다는 사실에 불쾌해하며 대답했다.

「오늘날 모든 수집가가 어머님처럼 한다고 생각하세요?」

그녀는 망연자실한 표정으로, 내가 왜 그런 쓸데없는 문제들에 관심을 쏟는지 도무지 모르겠다는 기색을 보이며 한숨을 쉬듯 말했다.

「아마 그렇겠죠.」

「정말 놀랍네! 인터넷이 세상을 알아볼 수 없게 바꿔 놨어. 예전에는 수집가가 미쳤다 싶을 정도로 세심한 주의를 기울여 자신의 보물들을 보관하는 편집광이었는데, 이제는 그냥 인터넷상에서 이미지를 보유하고 있는 것만으로 만족하는군.」

「지금 누구한테 얘기하는 거예요?」

「저 자신이요. 그런 변화가 과연 발전일까 하는 생각이 들어서요.」

「아들한테 가서 당신이 왔다고 전할게요.」 그녀가 나처럼 몰상식한 사람을 멀리할 수 있는 구실을 찾아 다행이라는 표정으로 일어서며 말했다.

30분 전만 해도 그녀는 피가 곧 올 거라고 얘기했다. 사실, 대화가 잘 통했다면 카롤 루세르는 내가 온 걸 아들에게 알리러 가지도 않았을 것이다.

피는 방으로 들어서며 감추고 싶은 비밀을 들킨 사람처럼 민망한 표정을 지었다.

「엄마를 만났군요.」

내가 고개를 끄덕였다.

「죄송해요. 엄마가 정말로 당신을 알고 싶어 하는 줄 알았어요.」

「보통 그렇지.」

「엄마를 어떻게 생각하세요?」

「잠시 만났을 뿐인데, 내가 어떻게 의견이 있을 수 있겠어?」

「거짓말 마요. 예의상 그러는 거 아니까. 우리 엄마는 멍청해요.」

「그렇게 말하지 마.」

「왜요? 그렇게 말하면 안 되니까?」

「그래.」

「유감이군요. 그래도 당신한테는 말하고 싶어요. 우리 엄마는 멍청이라고. 참 웃겨요. 아빠는 멍청이는 아니지만, 난 아빠를 경멸해요. 서로 고함을 질러 대지 않고는 얘기를 나눌 수가 없죠. 엄마는 나쁜 사람은 아니지만, 저토록 어리석은 인간한테 내가 무슨 말을 할 수 있겠어요? 엄마가 모자란 사람이라는 걸 깨달았을 때 난 여덟 살이었어요. 아빠가 개자식이라는 걸 안 건 열

두 살 때고요.」

문제의 개자식이 대화를 엿듣고 있다는 생각에 심히 난감했던 나는 대화의 주제를 바꾸려고 애썼다.

「너, 친구는 있니?」

「브뤼셀에요? 이곳에 온 지 두 달밖에 안 됐는걸요.」

「두 달로도 충분할 수 있어.」

「내 경우에는 충분하지 않았어요.」

「전에는 친구가 있었니?」

그가 어깨를 으쓱했다.

「그런 줄 알았어요. 그런데 헤어진 지 딱 두 달이 지나고 10년 동안 쌓아 온 우정에 거의 아무것도 남지 않은 걸 보니 이젠 의심이 가요. 한마디로, 난 혼자예요. 내가 당신과의 관계에 집착하는 이유도 그 때문이에요. 하지만 이걸 우정이라 부를 수 있을까요?」

「우리 관계에 굳이 이름을 붙이려고 해서는 안 될 것 같아.」 나는 이렇게 대답하는 게 훨씬 신중하다고 판단했다.

「학교에서 『적과 흑』에 관한 과제가 있었는데, 내가 최고 점수를 받았어요. 20점 만점에 19점. 질문이 멍청하긴 했지만, 아무튼 우린 그 책을 읽고 어떻게 생각하는지 말해야 했어요. 난 당신이 말했던 이론, 모든 소설은 또 한 편의 『일리아스』 혹은 『오디세이아』라는 이론을 떠올렸고, 스탕달의 그 소설이 한 편의 『오디세이아』라고 설명했어요. 쥘리앵은 오디세우스, 레날 부인은 페넬로페, 마틸드는 키르케 등등.」

「브라보!」

「이 모든 게 당신한테 배운 거예요. 당신이 아니었다면 내가 그 점수를 받을 가능성은 제로였어요.」

「내가 말한 바를 파악하고, 그것에서 뭔가를 끄집어내는 능력이 너한테 있었던 거지. 네 능력을 과소평가하지 마. 넌 아주 총명한 아이야.」

그가 감동했는지 입을 다물고 고개를 숙였다.

「아빠도 내가 똑똑하다고 했어요. 그러고는 그게 나한테는 아무 쓸모가 없을 거라고 덧붙였죠.」

「지성을 공리적으로 이해해서는 안 된다는 말을 하고 싶었겠지.」

「그렇게 생각하세요? 그런 생각은 아빠한테 어울리지 않아요.」

그 개자식이 우리 대화를 엿듣고 있다는 이유로 그를 옹호해야만 하는 게 무척 괴로웠다.

「카프카의 『변신』도 읽어 둬야 할 것 같아요.」피가 말했다.

나는 그 책을 얼마나 좋아하는지 밝히길 피하면서 수업을 이만 끝내자고 했다.

「이제 막 시작했잖아요.」그가 항의했다.

「제시간에 오지 그랬니. 말리는 사람 아무도 없는데.」내가 대답했다.

그레구아르 루세르가 어김없이 날 붙들었다.

「축하하오. 특히 마지막에 잘 쏘아붙였소. 요즘 젊은 것들은 시간을 지킬 줄 모른다니까.」

「저도 젊지만, 시간은 칼같이 지켜요.」

「그렇긴 하지. 하지만 당신은……」

그 말을 나는 도대체 몇 번이나 들었을까? 부모님의 입을 통해서든, 친구들의 입을 통해서든. 〈그렇긴 하지. 하지만 너는……〉 난 기분 나쁜 양면성을 띤 그 논평에 대해 명확한 해명을 요구한 적이 한 번도 없었다.

「아내 때문에 기분이 상했다면 미안하오.」

「그 대화도 엿들었나요? 그때는 누가 걱정됐죠?」

「많이 놀랐을 뿐이오. 전혀 예상하지 못했던 일이라.」

「아니죠. 선생이 학생의 어머니를 만나는 건 당연한 일이에요.」

「그녀가 별나다는 건 인정하시오.」 그가 나에게 수업료를 건네며 말했다.

「사돈 남 말 하시네요.」

나는 내가 어서 내일이 오기를 초조하게 기다린다는 걸 알아차리고는 흠칫 놀랐다. 피가 『변신』을 읽고 어떤 반응을 보일지 끊임없이 상상했다. 열다섯 살 때 그 책을 처음 읽고 황홀했던 기억과 함께.

〈모든 청춘기는 이 소설의 한 버전이야.〉나는 이렇게 생각했다. 하지만 여러 반례도 뇌리에 떠올랐다. 나는 청소년기를 화려하게 살아 낸 소년, 소녀 들을 알고 있었다. 태양처럼 밝고 아름다운 그들은 그 배은망덕한 나이의 부정(否定)이었다.

곰곰이 생각해 보면, 그들의 경우는 아무 의미도 없었다. 그건 통계상의 숙명일 뿐이었다. 그들은 솜[13] 전투에서 살아남은 사람들을 떠올리게 했다. 사춘기는 전쟁과 과장된 다윈주의의 영역에 속했다. 그것은 우리가 충수염을 앓는 것과 비슷한 진화의 오류였다.

내가 내 경우를 설명하려고 시도하자, 내면의 목소리가 잘라 말했다. 〈네가 살아남았다고 믿는 거, 제발 그짓 좀 그만둬. 경이로웠던 여자아이와 지금의 너, 침울한 열아홉 살 대학생 사이에 도대체 무슨 공통점이 있니?〉 게다가 피에 비하면 나는 많은 혜택을 누렸다는 느낌이 들었다. 나에게는 변태도 바보도 아닌, 훌륭한 부모님이 있었다. 내 성장기에는 극적인 일들이 없었다. 내 비극은 누구나 성장하면서 겪게 되는 그런 것일 뿐이었다. 그 일은 열세 살쯤에 순식간에 일어났다. 내 머릿속에서 갑자기 마술이 풀려 버렸다.

그 마술을 복원하려고 애썼던 게, 그리고 몇 분 뒤에 그 일을 포기했던 게 기억난다. 〈아무 소용 없어. 이제 이건 그냥 시늉일 수밖에 없어.〉 나는 약 13년의 세월을 마법에 걸려 살았고, 그것은 아무것도 아닌 일로도 깨져 버렸다. 돌이킬 수 없었다.

13 Somme. 제1차 세계 대전 당시의 격전지.

열다섯 살에 읽은 『변신』은 새로운 발견이었다. 어느 날 아침 거대한 바퀴벌레가 되어 잠에서 깨어나는 것, 그랬다, 바로 그것이었다. 다른 소설들에서 묘사된 청소년기는 사기였다. 그들은 숨 전투에서 살아남은 사람들만 거론했다. 카프카 이전에 사춘기가 살육이라고 감히 말한 사람은 아무도 없었다.

피의 청소년기는 악몽 같아 보였다. 그것은 내 청소년기와 비교할 수 없었다. 그런 만큼 우리에게는 접점이 없었다. 하지만 그는 필시 그레고어 잠자[14]에게서 자기 자신을 알아보았을 것이다.

도나트는 루세르 가족에 대해 유별난 호기심을 보였다. 내가 루세르 부인을 만났다고 말하자, 그녀는 쉬지 않고 질문을 해댔다. 그러고는 내가 대답을 할 때마다 자지러지게 웃어 댔다. 나는 〈사돈 남 말〉에 관해 장광설을 펼치려다가 꾹 참았다. 그런데 그 얘기가 저절로 튀어나왔다.

14 『변신』의 주인공.

「뒤표지 글부터 읽은 건 잘못이었어요. 화자의 이름이 그레구아르라는 사실을 알고는 하마터면 독서를 포기할 뻔했거든요. 아빠에 대한 알레르기가 너무 심해서 아빠 이름만 나와도 두드러기가 돋을 것 같아서요.」

「그레고어지, 그레구아르가 아니라.」

「내 판본에는 이름까지 프랑스식으로 번역되어 있었어요. 그러니까 그레구아르죠. 그래도 책을 단숨에 읽기는 했어요. 누구든 안 그럴 수가 없을 것 같아요.」

「나도 동의해.」

「이 책보다 더 사실에 부합하는 건 없어요. 난 끊임없이 이렇게 중얼거렸어요. 〈이거야, 바로 이거야.〉 누구나 이런 식으로 반응해요?」

「누구나 다 그러는지는 모르지만, 내 경우엔 그랬어.」

「여자도 그래요?」

「물론이지.」내가 웃으며 대답했다.

「기분 나빠 하지 말아요. 내가 아는 여자라곤 엄마뿐이니까요. 안심하세요, 그렇다고 엄마가 여성을 대표한다고 생각해 본 적은 없어요.」

「여자의 청소년기는 남자의 청소년기와는 달라. 하지만 더하지는 않을지 몰라도 적어도 그만큼 격렬하지.」

「왜 갑자기 청소년기 얘길 해요?」

「네가 『변신』을 읽었으니까.」

「그래서요? 이건 청소년기에 관한 책이 아니잖아요.」

「그래?」

「이건 오늘날의 개인에게 예정된 운명에 관한 책이에요. 당신의 해석은 지나치게 낙관적이에요. 상처 입은 벌레처럼 기어다니다가 우연히 마주친 첫 번째 포식자, 다시 말해 거의 모든 사람에게 잡아먹히는 건 청소년들에게만 한정된 운명이 아니라고요.」

「그걸 네가 어떻게 알아, 피?」

「당신은 어떻게 아는데요, 앙주? 열아홉 살이면 아직 청소년이잖아요.」

「열여덟 살 때부터 난 나 자신을 어른이라고 여겨 왔어.」

「다른 사람들도 당신을 그렇게 본다고 생각해요?」

「내 결정으로 충분해.」

「정말 웃기는군요. 그럼 성인이 된 지금은 훨씬 나아진 것 같아요?」

「우린 나에 관해 말하려고 여기 있는 게 아니야.」

「그래요, 당신은 늘 그런 식으로 빠져나가죠. 난 당신이 3년 전과 똑같이 힘들어한다고 확신해요.」

「난 살아 있어.」

「내가 조금 전에 한 질문에 대한 훌륭한 답변이네요. 당신은 삶을 선택했어요. 내가 당신을 따라 할지 확신할 순 없어요. 아뇨, 난 자살할 우려가 있는 사람을 흉내내는 게 아니에요. 뭐 하러 그런 쓸데없는 영웅주의에 의존하겠어요? 난 3년 후에 나 같은 코흘리개를 대상으로 어떤 과목이든 과외 수업을 할 수 있는 뛰어난 대학생이 되어 있지는 않을 거예요.」

「그걸 어떻게 알아?」

「연극 그만해요, 제발. 짜증 나니까.」

「내가 열여섯 살 무렵 끔찍하게 안 좋았다고 누가 그래?」

「당신은 지금 주제를 벗어나고 있어요. 내가 『변신』을 읽으면서 탄복한 건 그레구아르를 덮친 저주가 일시적인 것으로 여겨지지 않는다는 점이에요. 아무도 그에게 〈괜찮아질 거야〉라고 말하지 않죠. 실제로도 괜찮아지지 않고.」

「그의 경우는 그렇지.」

「그럼, 당신의 경우에는 괜찮아졌나요?」

「다시 말하지만, 여기서 중요한 건 내가 아니야.」

「그런 식으로 발뺌하는 거야 쉽죠. 카프카는 1915년, 그러니까 20세기 초를 휩쓴 끔찍한 전쟁이 기승일 때 이 책을 썼어요. 그때부터 살아 있는 존재들에게 예정된 운명은 이런 거예요. 〈살아가는 모든 것은 박멸해야 하는 벌레로 인식된다.〉 20세기는 전 지구적인 자살의 시작을 알려요.」

「좀 지나친 거 아냐?」

「난 아니라고 생각해요. 당신은 날 돌봐 주고, 난 그 걸 고맙게 생각해요. 당신은 나에게 많은 걸 가져다줘 요. 그래도 내가 보기에 문제는 당신이지 내가 아니 에요.」

「그래서 날 치료해 줄 생각이니?」

「천만에. 당신의 병은 당신에게 아주 이로운 거예요. 그 정도로 환상에 빠져 있지 않다면, 당신도 그리 흥미 롭지 않을 테니까요.」

내가 웃었다. 그가 말을 이었다.

「카프카가 아버지와 갈등이 아주 심했다고 읽었어요. 사람들이 그에게서 청소년기의 대변인의 모습을 본 것 도 그 때문인 것 같아요.」

「내가 〈사람들〉로 규정됐군.」

피는 내 지적을 무시하고 계속 말을 이어 갔다.

「아버지에 대한 거부는 청소년기에만 한정되지 않아 요. 내가 아버지를 증오하는 건 그의 부성 때문이 아니 라 그가 나에게 제안하는 운명 때문이에요. 20세기 이 래로, 이전 세대가 이후 세대에게 물려주는 유산이란 바로 죽음이에요. 심지어 그건 즉각적인 죽음도 아니에요. 오히려 상처 입은 바퀴벌레가 짓밟혀 죽기 전에 질질 끌고 다니는 오랜 불안 같은 거죠.」

「너희 아버지가 그걸 원한다면 왜 날 고용했을까?」

「우둔하니까.」

「넌 모든 것에 답을 갖고 있구나.」 내가 웃으며 말했다.

「나쁜 거예요?」

「그보다는 네 한계를 보여 주지. 오류가 있을 수 없는 추론은 스스로를 유효화해. 추론 그 자체 속에 닫혀 있는 것, 그게 바로 우매함의 정의야.」

「그럼 내가 백치인가요?」

「도스토옙스키의 의미로는 그래.」

「인정해요.」

「좋아. 네가 다음으로 읽을 책은 도스토옙스키의『백치』야.」

「뭐라고요? 카프카는 벌써 끝난 거예요?」

「우리가 도스토옙스키를 시작하는 게 그렇지 않다는 증거야.」

「그 책은 교과 과정에 없어요.」

「교과 과정 같은 건 신경 쓰지 마.」

「하지만 아직 『변신』에 관한 당신의 생각을 바꿔 놓지도 못한걸요.」

「그래도 너는 카프카에 관해 아주 훌륭하게 논했고, 너의 생각은 열정적이었어. 나한테 중요한 건 그 사실뿐이야.」

나는 일어났다.

「벌써 가세요? 수업을 막 시작했는데?」

「수업이 얼마나 지속됐는지만으로 그 가치가 계산된다고 확신하니?」

「굳이 가겠다면 붙들지는 않을게요. 하지만 당신이 가고 싶어 한다니 마음이 아프네요. 다른 사람이 당신 의견에 동의하지 않는 거, 안 좋아하죠?」

「그런 거 아냐. 분명히 말해 두는데, 피, 문학은 사람들의 의견을 일치시키는 예술이 아니야. 독자들이 〈난 『마담 보바리』에 찬동해〉라고 주장하는 걸 들으면, 난 절망감에 한숨이 나와.」

「내가 그런 멍청한 말을 한 적도 없는데 당신은 가겠

다고 하잖아요. 가기 전에 카프카가 왜 아버지를 미워
했는지 얘기해 줘요.」

「카프카의 작품을 읽었으니 너도 그 답을 쉽게 얻을
수 있어.」

「그래도 당신이 말해 주면 좋겠어요.」

「카프카의 아버지는 권위적이고, 치사하고, 별것도
아닌 아버지의 특권을 한껏 누리려 드는 〈가부장〉이
었어.」

「카프카에게 특별히 나쁘게 행동했나요?」

「아니. 누군가를 미워하면 그의 행동 하나하나가 견
디기 힘들어져. 카프카는 식탁에서 오로지 아버지만 비
니거를 소리 내 핥아 먹을 권리가 있었다고 언급하며
분노를 삭이지 못해. 그 자체로는 별것 아닌 이러한 억
압이 그의 펜 아래에서는 범죄의 가치를 지니게 되지.」

「당신도 아버지를 증오해요?」

「아니. 난 아버지를 많이 사랑해.」

「어머니는요?」

「깊이 사랑하지.」

「난 부모를 사랑하는 게 어떤 건지 상상이 안 돼요.」

「너도 아주 어렸을 때는 엄마를 사랑했을 거야.」

「맞아요. 엄마가 얼마나 아둔한지 이해할 때까지는요. 엄마는 내가 변비에 걸리면 어떡하나 하는 두려움에 사로잡혀 있었어요. 그래요, 자세히 얘기해서 죄송한데, 내가 여섯 살 때 엄마는 나에게 변을 보면 청석돌판에 A, 못 보면 B라고 표시하라고 했어요. 그래서 내가 굳이 그러지 말고, 변을 보면 A라고 표시하고, 못 보면 아무 표시도 안 하면 된다고 말했죠. 엄마가 이해를 못 해서 내가 설명했어요. 〈0과 1도 1과 2만큼이나 달라요.〉 그러자 엄마가 대답했죠. 〈가엾은 녀석, 넌 아직 나보다 계산을 잘 못 한단다.〉」

「실망스럽긴 했겠지만, 그렇다고 그딴 걸로 엄마에 대한 사랑을 접다니, 정말이니?」

「누군가를 업신여기면서 사랑하긴 어려워요.」

그쯤에서 일어나야 할 것 같았다.

피도 더는 나를 붙들려고 하지 않았다. 그는 창피해하는 것처럼 보였다.

피의 아버지가 나를 붙잡고 내가 들은 가족사에 관해

사과했을 때, 나는 그의 아들에게 심리적인 도움이 필요하다고 말했다.

「저 아이는 병자가 아니오!」그가 버럭 화를 냈다.

「그래요. 하지만 깊은 슬픔에 빠져 있죠.」

〈그러고도 남지. 왜 안 그러겠어?〉나는 속으로 생각했다.

「그건 당신이 관여할 일이 아니오, 앙주 양. 저 아이한테는 당신의 말을 옮기지 않겠소. 당신에게 안 좋은 마음을 품을 테니까.」

「그래서 제가 고마워하기를 기대하세요?」그가 건네는 봉투를 받아 들며 내가 말했다.

「그 애의 심리 상담사가 된 느낌이 들어. 그건 나랑 안 어울려.」

「거절하고 때려치워.」

「내가 안 가면 누가 가겠어?」

「대체할 수 없는 사람은 없어.」

도나트의 조언이 옳았다. 그녀도 내가 수긍한다는 걸 알고 있었다.

「그 애를 맡은 후로 넌 나한테 다가왔어. 마치 균형 잡힌 누군가와 대화를 나누고 싶은 것처럼.」

〈균형 잡혔다고, 자기가? 웃기고 있네!〉 하지만 아무 대답도 하지 않았다. 곰곰이 생각해 보면, 내가 도나트에게 다가갔다는 그녀의 말이 사실이었으니까. 나는 그게 상당히 기분이 안 좋았다. 뭔가를 해야만 했다. 다시 말해, 다른 관계를 맺어야만 했다. 하지만 불행하게도 나는 학교에서 여전히 눈에 보이지 않는 존재였다.

이튿날 강의 시간에 비교 신화학 교수가 학생들에게 디오니소스의 어원을 물었다.

「두 번 태어났다?」 내가 제안했다.

날 싫어하는 줄은 몰랐는데, 한 남학생이 반원형 강의실이 쩡쩡 울릴 정도로 크게 소리쳤다.

「멍청하기는! 정말 멍청하다니까!」

나머지 남학생들이 킬킬거리며 웃어 댔다. 내 낯빛이 창백하게 변했다. 소란이 잦아들자, 교수가 차분하게 말했다.

「정답은 아니었지만 흥미롭긴 했어. 디오니소스는 제우스에게서 태어났다는 걸 의미하지.」

사실, 나 자신이 눈에 보이지 않는 존재라고 믿은 건 잘못이었다. 나는 그렇지 않았다. 다른 학생들이 날 싫어했으니까. 적어도 큰 소리로 비웃은 그 남학생은 날 싫어했다. 그 남학생의 이름은 레지 바르뮈스, 입이 험한 애였다. 나는 그에게 한 번도 말을 걸어 본 적이 없었다. 그 역시 그랬고. 다른 학생들은 아마 그때까지 날 눈여겨보지 않았을 테지만, 앞으로는 그들 대장의 목소리를 따를 터였다.

바르뮈스는 바람둥이였다. 자기가 잘생겼다고 확신하는 그는 엄청난 자신감을 뿜어 댔다. 나로서는 어디까지 갔는지 알 수 없었지만, 그는 무수한 남자와 여자들을 쓰러뜨렸다. 비극 이론 교수도 문헌학과 여학생 대부분과 마찬가지로 그에게 푹 빠져 있었다. 아닌 게 아니라, 나는 그가 왜 문헌학과를 선택했는지 이해할 수가 없었다. 야망이 철철 넘쳤던 그는 할리우드에 가서 영화 제작자가 되고 싶어 했다.

아무와도 마주치지 않기 위해 수업이 끝나고도 다른 학생들이 모두 나갈 때까지 강의실에 앉아 있었다. 반원형 강의실이 텅 비고 나서야 일어났다. 강의실을 나서는데, 비교 신화학 교수가 날 기다리고 있었다. 많이 놀랐고 기분이 썩 좋지는 않았다. 그는 어디 가서 차나 한잔하자며 날 초대했다. 너무 뜻밖이라 어떻게 반응해야 할지 몰랐던 나는 얼떨결에 그를 따라나섰다.

다행스럽게도 그는 아는 얼굴과 마주칠 일이 없는 학교 외부의 카페로 날 데려갔다. 나는 차를, 그는 아이리시커피를 주문했다.

「다른 아이들이 자네를 싫어하지, 앙주?」 그가 이렇게 말문을 열었다.

「전 몰랐어요. 저도 교수님과 동시에 알았어요.」

「아냐. 난 오래전부터 알고 있었어.」

「알고 있었다뇨?」

「오랫동안 지켜봤는데, 자네는 늘 외톨이였어.」

「그렇다고 그게 다른 학생들이 절 싫어한다는 걸 의미하지는 않아요.」

「그게 그거야. 다른 아이들이 왜 자넬 싫어할까?」

「전혀 모르겠어요.」

「아마 자네가 그들에게 다가가지 않기 때문일 거야.」

「틀렸어요. 전 애들의 호감을 사려고 수도 없이 시도해 봤다고요!」

「자네 생각에는 그게 왜 안 통한 것 같아?」

「모르겠어요. 지금까지 전 그냥 제가 눈에 안 보이는

존재라고 생각했어요. 레지 바르뮈스의 행동을 보고 나서야 그렇지 않다는 걸 깨달았죠.」

「그게 더 낫지 않나?」

「아뇨. 전 그냥 안 보이는 존재로 남고 싶어요.」

「난 자네를 대번에 눈여겨봤어.」

나는 그 이유를 물어보는 멍청한 짓은 하지 않았다. 내가 그 질문을 하지 않으리라는 것을 깨달은 그가 말을 이었다.

「자네는 에리크 로메르[15] 영화에 나오는 젊은 여자들과 닮았어.」

나이 든 남자가 나에게 구애하는 건 처음이었다. 그래서 상당히 거북했다.

「그 감독 영화는 본 적 없지, 안 그런가? 그에게는 이색적이고 시대에 걸맞지 않지만 아주 우아한 젊은 여자 배우를 고르는 재능이 있었어.」

뺨이 달아오르기 시작했다. 할 수만 있었다면 나는 내 뺨을 세게 때렸을 것이고, 교수의 뺨도 기꺼이 때렸

15 Éric Rohmer(1920~2010). 프랑스 누벨바그 영화감독. 「모드 집에서의 하룻밤」, 「녹색 광선」 등으로 세계적인 명성을 얻었다.

을 것이다.

「앙주라는 이름, 참 매혹적이고 자네한테 잘 어울려.[16] 자네 부모님은 한 가지 위험을 무릅썼어. 크면서 점점 밉상으로 변해 가는 아이에게 그런 이름을 붙여 줬다면, 이름이 아이를 주눅 들게 했을 거야. 그런데 자네의 경우에는 그것이 자네의 참한 매력을 돋보이게 하지.」

피에게 말할 때, 나는 주로 ⟨cela(그것)⟩라는 대명사를 사용했다. 그런데 학생의 역할을 맡게 되자, 나는 구어인 ⟨ça(그거)⟩라는 대명사로 말하고 생각했다. 그러니까 ⟨cela⟩는 가르치는 자의 언어에 속했다. 그게 내가 그 순간에 생각할 수 있는 모든 것이었다.

「부모님이 왜 자네한테 그런 이름을 지어 줬을까?」

「마리앙주보다는 나으니까요.」

내 대답에 순간 당황했던 그가 마침내 껄껄 웃고는 요점을 정리했다.

「앙주가 마리앙주보다는 나아서 자네에게 그 이름을 붙여 줬다고? 정말 부모님이 그렇게 말했나?」

16 앙주Ange는 보통 명사로 천사라는 뜻이다.

「아뇨. 부모님은 양성에 통용되는 이름을 원했어요.」

「그걸로는 아무것도 설명이 안 돼. 양성에 통용되는 이름은 아주 많아. 잘 알아서 하는 말이야. 내 이름이 도미니크거든.」

그랬다, 그는 나에게 자신의 이름을 밝혔다. 나에게 친구들이 있었다면, 나는 그 교수가 수작을 거는 데 소질이 있다는 평판은 전혀 없음을 알았을 것이다. 덫에 걸린 것 같은 느낌이 들었다. 그날 하루는 악몽이었다. 그 때문이었을까, 나는 자살에 가까운 말을 뱉었다.

「제자를 유혹하는 건 비열한 짓이에요. 나쁜 학점을 받을까 봐 겁이 나서 거절할 수가 없잖아요. 게다가 공개적으로 모욕당한 제자를 유혹하는 건 더 나빠요. 상대가 취약한 상태에 빠져 있을 때 공략하는 거니까.」

「왜 그런 말을 하니?」

「그렇게 생각하니까요.」

「굳이 그렇게 생각한다면 할 수 없지만, 자네가 어느 정도로 잘못 생각하고 있는지 말해 주지. 난 자네를 유혹하는 게 아니야.」

「그럼 뭐죠?」

「난 자네를 사랑해.」

누가 나에게 그런 고백을 한 건 처음이었다.

「제자에게 그런 말을 하다니, 정말 한심하네요.」

「사실일 경우에는 안 그렇지.」

「이 분야에 경험이 많으신 모양이네요.」

「전혀. 느껴지지 않니? 난 나 자신이 우스꽝스러워.」

「정작 우스꽝스러운 건, 잘 알지도 못하는 사람을 사랑한다고 주장하는 거예요.」

「내가 자네를 잘 모른다는 건 정확한 지적이야. 하지만 9월 개강 때부터 자네를 아주 자세히 관찰했기 때문에 자네에 관해서 내 마음을 흔드는 두세 가지 정도는 알고 있네.」

「예를 들면, 내가 수업 중에 멍청이 취급당한 사실 따위요?」

「그건 나도 자네와 동시에 발견했어. 그 일 때문에 화가 나기도 했지만, 그 덕분에 자네에게 접근할 수 있었지.」

「나이가 어떻게 되세요?」

「쉰.」

「저희 아버지보다 나이가 많으시네요. 그럼, 이만 가볼게요. 오늘은 이걸로 충분하니까.」

「생각을 해보겠다고 약속해 주겠니?」

「뭘 생각해 봐요?」

「우리에 대해서.」

나는 눈을 동그랗게 떴다.

「교수님의 고백에 뭐가 뒤따르길 기대하세요?」

나는 일어나서 나와 버렸다. 거리로 나온 나는 피를 떠올렸다. 도나트는 내가 그를 사랑하게 된다고 해도 비정상적인 일은 아니라고 생각했다. 하지만 나는 내가 사랑에 빠지지 않았다는 걸 알고 있었다. 하지만 그걸 나 자신에게 어떻게 증명할 수 있을까?

왔던 길을 되돌아갔다. 비교 신화학 교수는 여전히 자리에 앉아 있었다. 크게 낙담한 그는 내가 그를 쳐다보고 있는 것도 모르고 있었다. 부끄럽다는 듯 두 손으로 머리를 감싼 채였다. 이름이 뭐랬더라?

「도미니크?」

그가 소스라치듯 놀라고는 겁에 질린 눈길로 나를 쳐다봤는데, 그 표정이 그리 나쁘지 않았다. 나는 그에게

다가가서 자리에 앉지는 않은 채 키스를 했다.

「도대체 왜?」

「생각해 보라면서요. 그래서 생각해 봤어요.」

「생각 한번 빨리도 하는군.」

내가 웃었다.

「자네가 웃는 모습은 처음 봐. 아름다워.」

「갈까요?」

「어디로?」

「아무 데나요. 여기 있긴 싫어요.」

나의 당돌한 태도에 나 자신도 놀랐다.

「교수님 집으로 갈 수도 있겠죠. 아내분이 교수님을 기다리고 있겠지만.」 내가 가차 없이 말했다.

「난 이혼하고 혼자 살아.」

「자식은 없나요?」

「아니. 자네는?」

웃기는 질문이었다.

「없어요. 아, 참. 과외받는 학생한테 가봐야 하네요.」

「무슨 과외?」

나는 간략하게 설명했다.

「그 학생, 몇 살이야?」

「열여섯.」

그의 눈길에서 불안을 읽었다.

「우리 언제 다시 만날 수 있을까?」

「내일 저녁.」 내가 제안했다.

그가 약속 장소를 정했고, 나는 전차에 뛰어올랐다. 교수는 그 자리에 서서 전차가 사라질 때까지 하염없이 내 쪽을 바라보았다.

「오늘 좀 이상하네요. 평소하고 다르게.」 피가 지적했다.

「넌 날마다 이상해.」

「적어도 나는 날마다 같은 식으로 그렇죠.」

「우린 내 얘기를 하려고 여기 있는 게 아니야.」

「어제 난 믿을 수 없는 일을 했어요. 자발적으로 책을 골라 읽었거든요.」

「브라보! 무슨 책인데?」

「레몽 라디게[17]의 『육체의 악마』.」

---

17 Raymond Radiguet(1903~1923). 스무 살에 생을 마감한 프랑스 작가. 문제작 『육체의 악마』로 선풍적인 인기를 끌었다.

「게다가 걸작을 고르기까지 했구나. 난 네가 자랑스러워.」

「열아홉 살 여자애와 자는 열여섯 살 남자애 이야기예요.」

「나도 알아. 마음에 들었니?」

「무척. 새침 떨지 않고 사랑을 그려 내는 방식이 좋았어요.」

「네 말이 맞아.」

「약간은 우리 이야기이기도 하고요. 우리랑 나이가 같잖아요.」

「나이 말고는, 우린 그들과 닮지 않았어.」

「맞아요, 우린 같이 자지 않으니까. 당신은 같이 자는 사람이 있어요?」

「그런 종류의 질문에는 대답하지 않겠어.」

「난 아무하고도 자본 적이 없어요.」

「네가 오로지 그 생각만 하는 게 『육체의 악마』를 읽었기 때문이니?」

「난 매일 밤낮없이 그 생각을 해요.」

「네 나이 때는 으레 그러지.」

114

「고상한 척하지 말아요. 당신도 그 생각을 하잖아요.」

「『육체의 악마』를 직접 골라서 읽은 것까진 좋았어. 그런데 대화가 점점 안 좋은 쪽으로 흘러가는구나.」

「난 그렇게 생각하지 않아요. 섹스에 관해 말하고 싶게 하는 소설, 그건 훌륭한 거예요.」

「내 생각에는 네가 그것에 관해 말하는 것으로 만족하진 말아야 할 것 같아.」

「동의해요. 그럼 이제 내 방으로 갈까요? 어쨌거나 당신은 내 선생님이니까 가르쳐 줘요.」

「난 너의 문학 선생님이야.」

「그럼 문학적으로 가르쳐 줘요.」

내가 웃었다.

「너희 학교에는 여학생들도 있지 않니?」

「당신이 걔들이 어떤지 본다면!」

「그러지 말고 눈을 크게 떠보렴. 몇몇은 아주 매력적일 거라고 확신해.」

「위로하는 의미에서 주는 상은 받고 싶지 않아요.」

「좋아. 우리에게 외출이 필요한 것 같구나. 너 비행선에 관심이 많다고 했지? 항공 박물관에 함께 가보면 어떨까?」

「이렇게 작은 나라 수도의 항공 박물관에도 비행선이 있나요? 인터넷에서 찾아서 볼게요.」

「아니, 직접 가서 실물로 보자!」

나는 일어섰다. 내켜 하진 않았지만 그도 날 따라나섰다. 피의 아버지가 거울 뒤에서 지을 표정을 떠올리니 통쾌하기 짝이 없었다.

「여기서 멀어요?」

「생캉트네르 공원에 있어. 전차를 타고 가면 돼.」

피는 전차를 한 번도 타본 적이 없는 게 분명했다. 그는 전차에 오르면서 겁에 질린 표정을 지었다. 내가 그의 성적인 제안을 받아들였다면, 아마 그때도 그런 표정을 지었을 것이다. 그의 승차권도 내가 샀다.

「매일 등교는 어떻게 하니?」

「아빠 운전기사가 페라리로 태워다 줘요.」

나는 그의 곁에 앉았다. 그는 경계하는 눈빛으로 창밖을 바라보았다.

「브뤼셀은 예쁜 도시야.」 내가 말했다. 「그런데 신기하게도 날씨가 좋아야 그게 보여.」

「왜 그런데요?」

「거의 모든 집이 양방향으로 트여 있거든. 그래서 날씨가 화창할 때는 빛이 집들을 관통해서 지나가지. 그러면 브뤼셀은 마치 광선으로 지어진 것처럼 보여.」

「여행은 많이 해봤어요?」

「많이는 못 해봤어. 너보다 훨씬 덜 했을 거야.」

「난 여행을 해본 적이 없어요. 이곳저곳 자주 옮겨 다니긴 했지만, 그곳들을 전혀 알지 못했어요.」

「그것 또한 네가 브뤼셀을 발견해야 하는 이유가 되겠네.」

우리는 전차를 몇 번 갈아탄 끝에 생캉트네르 공원에 도착했다. 피는 건축물들의 거대한 규모에 많이 놀란 듯 보였다. 항공 박물관에 들어선 나는 비행선이 있냐고 물어보았다. 직원이 비행선은 없지만, 비행선 곤돌라는 두 개가 있다고 알려 주었다.

나는 아주 자랑스럽게 피에게 그 사실을 알렸지만, 피는 어깨를 으쓱하며 이렇게 빈정댔다.

「마치 내가 롤스로이스를 보고 싶어 하는데 당신이 〈여기 롤스로이스 운전석이 두 개가 있대!〉라고 말하는 것과 같네요.」

「아예 없는 것보단 낫잖아.」

「게다가 막상 와보니 여긴 군사 박물관이잖아요, 항공 박물관이 아니라.」

「오히려 네가 좋아해야 할 것 같은데. 넌 군대에 열정적이잖아.」

비행선 곤돌라는 나에게 깊은 인상을 주었다. 그것들은 마치 오르골처럼 아주 훌륭하게 고안된 것들이었다.

「당신이 비행선 전체를 보게 된다면 그때는 뭐라고 말할지 궁금하네요.」피가 투덜거렸다.

그가 관심 없는 듯한 표정을 짓고 있긴 해도 비행선 곤돌라를 감탄 어린 눈길로 바라보는 걸 보았다. 나는 그 곤돌라를 타고 비행선을 조종하는 피를 상상했다. 아마 그도 그 생각을 하는 모양이었다. 점점 열광하는 모습을 보이다가 폐관을 알리는 종소리가 울려 퍼지자 인상을 찌푸렸으니까.

따라서 나는 그가 그 방문을 좋아했다고 결론지었다. 우리는 그의 집으로 돌아가기 위해 전차에 뛰어올랐다.

「당신, 오늘 평상시와 달라 보여요.」

「바깥에서 날 보는 게 처음이니 그렇겠지.」

「아뇨. 집에 도착했을 때부터 어딘지 모르게 달랐어요.」

나는 아무 말도 하지 않았다.

이튿날, 그레구아르 루세르가 막 도착한 나를 붙들어 서재로 데려갔다. 그는 나에게 앉으라고 권하지도 않았다.

「어제 무슨 일이 있었는지 설명해 주겠소?」

「설명이고 자시고 할 것도 없어요. 아드님과 둘이서 박물관에 다녀왔으니까요.」

「난 내 아들에게 비행선이나 보여 주라고 당신에게 돈을 주는 게 아니오.」

「저도 알아요. 문학에 관해서라면 제가 임무를 완수했다는 걸 인정하세요. 피가 이제 걸작들을 스스로 골라서 읽으니까요. 이젠 제가 필요 없으실 것 같으니 앞

치마를 넘겨 드릴게요.」

「천만에! 당신이 피에게 얼마나 절실한 사람인지 당신도 알잖소.」

「전혀요.」

「피가 태어나서 만난 여자 중에 좋아한 건 당신밖에 없소.」

「그만하세요, 정말 그런 줄 알겠어요.」

「내가 당신에게 요구하는 건 수업을 하는 동안 집을 벗어나지 말라는 것뿐이오.」

「어제 제가 아드님을 두 시간 동안 아버님 감시망에서 벗어나게 한 거, 그걸 못 참으시는 거죠? 피가 학교에 있을 때는 어떻게 하세요?」

「그건 상관없는 일이오. 내가 그렇게 아무것도 모르는 줄 아시오? 당신이 내 아들을 전차 — 욕망이라는 이름의 전차 — 에 태워 박물관으로 강렬한 쾌감을 맛보러 간 건 그에게 은유나 유추의 사용법을 가르치기 위한 일이었소?」

「병이 들어도 단단히 들었군요. 더는 이 집에 머무를 수 없어요.」

바로 그때, 피가 서재로 들어왔다.

「선생님 목소리가 들리는 것 같아서.」

「너는 왜 노크도 안 하고 함부로 여길 들어오니?」

「금방 갈게, 피. 너희 아버지가 나한테 과외비를 주시려던 참이었어.」 내가 루세르에게 손을 내밀며 말했고, 당황한 루세르가 얼떨결에 봉투를 건네주었다.

나는 소파에 앉아 마음을 진정시키기 위해 심호흡을 했다.

「내가 꿈을 꾸는 거예요, 아니면 아빠가 당신을 꾸짖은 거예요?」

「우리가 어제 외출해서 언짢았나 봐.」

「멍청이 같으니! 도대체 저 인간은 문제가 뭐야?」

「모든 걸 자신의 통제하에 두고 싶은 거지.」

「당신도 그걸 느꼈어요? 브라보, 바로 그거예요. 아빠가 멍청한 여자와 결혼한 것도 바로 그 때문이죠. 엄마는 통제하기가 아주 쉽거든요.」

「넌 아니지.」

「맞아요. 아빠는 내 머릿속에 뭐가 들었는지 알고 싶어 죽으려고 해요. 그걸 몰라서 미칠 지경이죠.」

「네 비밀을 간직하렴, 피. 그건 나한테도 말하지 마.」

「하지만 당신한테는 털어놓고 싶어요.」

상황이 견딜 수 없는 지경으로 변해 갔다. 나는 우리가 도청당하고 있다는 사실을 알리기 위해 그에게 쪽지를 슬쩍 건네줄 생각도 해봤다. 하지만 어떻게? 루세르는 나의 일거수일투족을 지켜보고 있었다. 게다가 피에게 아버지가 얼마나 쓰레기인지 드러내는 게 선물은 아닐 터였다. 가능한 한 빨리 대화의 주제를 바꿔야 했다.

「글 쓸 생각을 해본 적 있니?」

「무슨 글이요?」

「시나 일기 같은 거.」

「난 여자애가 아니에요.」

난 웃음을 터뜨렸다.

「소설은?」

「내가 왜 소설을 쓰겠어요?」

「네 마음을 털어놓기 위해.」

「아빠가 몰래 읽을 거예요. 내 방과 컴퓨터를 샅샅이 뒤지거든요. 나에게 유일한 내밀함은 당신과 있는 거예요.」

「너희 아버지는 왜 그런 식으로 행동하니? 네가 마약을 한다고 생각하는 걸까?」

「아마 아니라는 걸 알 거예요. 내가 그걸 끔찍하게 싫어하니까. 학교에서 종이에 말아서 피우거나 코로 흡입하는 녀석들을 보면, 걔들 완전히 얼간이로 변해 버려요. 아뇨, 아빠는 누가 자신에게 대들거나 비밀을 갖는 걸 못 참는 거예요.」

그가 말을 이었다.

「당신은 어제처럼 어딘지 모르게 달라요. 당신한테 무슨 일이 일어난 게 분명해요. 그야 당신 권리죠. 나도 이해해요. 하지만 당신은 내게서 멀어질 거예요.」

「난 너에게서 멀어지지 않을 거야.」

「난 내가 당신이었으면 좋겠어요. 여자가 되는 것 자체는 썩 구미가 당기지 않지만요. 내 관심을 끄는 건 그 나머지예요. 당신은 자유롭고 흥미로워요. 내가 당신이 되면 무척 신날 것 같아요.」

「누가 나한테 이런 말을 하는 건 처음이야.」

「아마 내가 되었으면 좋겠다고 생각하는 사람들도 있겠죠. 하지만 잘못 생각하는 거예요. 나는 포로니까요.

게다가 증오로 가득하고.」

「그걸 바꾸기 위해서 네가 뭘 할 수 있을까?」

「당신하고 같이 있는 시간이 좋아요. 책을 읽을 때도 좋고요.」

「그럼 더 많이 읽어!」

「당신을 더 자주 보려면 어떻게 해야 할까요?」

「넌 이미 날 자주 보고 있어.」

「어제 우리 외출도 좋았어요.」

「우린 다른 박물관도 방문할 수 있어.」

「난 그보다는 숲속 산책을 떠올렸어요.」

「난 네 운동 코치가 아니야, 피.」

그가 한숨을 쉬었다.

「그렇죠. 당신이 원하지 않는데 강요할 수는 없죠.」

수수께끼 같은 말이었지만, 나는 캐묻지 않기로 마음먹었다.

「『육체의 악마』가 좋았다면서. 그럼 라디게의 다른 소설인 『오르젤 백작의 무도회』를 읽어 보면 어떨까?」

「좋아요. 그 책, 위층 서고에 있는 걸 봤어요. 따라와요.」

루세르의 감시에서 벗어날 수 있어서 기분이 좋았던 나는 피를 따라 위층으로 올라갔다. 피는 온통 책으로 가득 찬 방으로 나를 데려갔다. 책들이 판형에 따라 구분된 서가들 위에 감탄스러울 정도로 멋들어지게 꽂혀 있었다.

「대단한 보물 창고네!」내가 소리쳤다.

그곳에는 전 세계에서 손꼽히게 명망 높은 작가들의 작품이 망라되어 있었다.

「이 서고는 누가 만든 거야?」

「아빠요.」

내가 그 남자를 잘못 판단했다고 생각하려는 찰나, 피가 덧붙였다.

「완전 개그죠. 아빠는 여기 있는 책 중에 단 한 권도 읽지 않았으니까요.」

「어떻게 그럴 수가 있어?」

피가 킬킬거리며 비웃었다.

「당신이 아빠를 더 잘 안다면, 아빠에게는 그게 정상이라는 걸 이해하실 거예요. 아빠는 도무지 책을 읽을 시간이 없다고 말해요. 하지만 전문가들에게 책들을 고르게 하고, 그 책들을 사 모을 시간은 있죠. 어렸을 땐 아빠가 무척 바쁜 사람이라고 생각했어요. 3년 전 어느 날, 아빠를 몰래 훔쳐보려고 그의 책상 밑에 숨은 적이 있는데요. 그 인간, 아무것도 안 해요! 컴퓨터 모니터를 가끔 쳐다보다가 자판을 두드리고는 누군가에게 전화를 걸어서 〈오케이, 접속했어〉라고 말해요. 그러고는 『월 스트리트 저널』을 뒤적거려요. 그게 다예요. 몇 시간이고 서재에 처박혀 그 짓거리를 하면서, 그걸 일하는 거라고 부르죠.」

「우리가 이해하지 못하는 뭔가를 하는 거겠지.」

「내가 이해할 수 없는 건 아빠가 나한테 원하는 바예요. 자기 같은 유의 클론을 원하는 걸까요? 그렇다면 아빠가 왜 선생님에게 도움을 청했을까요? 예를 들면, 아빠가 말하는 그 〈일〉이라는 게 어떤 점에서 아빠가 책을 못 읽게 할까요?」

「책을 읽으려면 집중을 해야지.」

「아빠는 아무것에도 집중하지 않아요!」

「그럼 왜 이런 서고를 만들고, 이 많은 책을 옮기기까지 했을까?」

「구경꾼들을 놀라게 하려고.」

「어떤 구경꾼들?」

「초대 손님들이요. 몇 안 되지만 가끔 그들을 초대해요. 이 호화로운 집도 그래서 산 거예요. 아빠와 엄마가 거창하게 〈삶의 방식〉이라고 부르는 것들, 예를 들어 아름다운 가구, 책, 예쁜 식기, 세련된 식사, 부모님은 사실 그런 것들에는 신경도 안 써요. 하지만 초대 손님들에게 깊은 인상을 심어 주는 일에는 집착하죠. 손님이 없을 때는 아무거나 먹고, 낮과 저녁에 하는 일 없이 시간을 보내요.」

「텔레비전은 봐?」

「텔레비전을 켜놓고 그 앞에서 뒹굴기는 하는데, 딱히 그걸 본다고는 말할 수 없어요.」

「하지만 너희 부모님과 네가 함께 나누는 시간들도 있을 것 아냐?」

「아빠와 엄마는 서로 거의 대화를 안 해요.」

「그럼 너는?」

「그냥 내 방에 처박혀 있어요.」

「저녁 식사도 함께 안 하니?」

「안 해요. 다행이죠. 드물게 함께 한 적이 있었는데 정말 끔찍했어요. 음식을 삼킬 수가 없었거든요. 아빠는 엄마를 멸시하는데, 엄마는 그걸 알아차리지도 못해요. 부모님이 함께 있는 걸 보면 토할 것 같아요.」

「초대 손님들을 접대할 때는 너도 그들을 만나니?」

「아뇨. 나는 누군가와 사귈 만한 사람이 못 돼요. 해야 할 행동을 하지 않죠. 냉소적인 데다 진실만 말하거든요. 그 사람들이 주고받는 얘기, 그거 다 거짓말이에요. 그들은 서로에게 전혀 관심이 없어요. 이해가 되긴해요.」

「그럴 거면 뭐 하러 초대해?」

「거들먹거리려고요. 그러면서 깊은 인상을 받는 게 바로 그들 자신뿐이라는 사실은 의식하지 못하죠. 정말 한심해요.」

바로 그 순간, 그레구아르 루세르가 불쑥 들어오더니 놀란 척했다.

「여기 있었어?」

「보시다시피요.」내가 대답했다.

「여기서 무얼 해요?」

130

「아드님에게 문학을 가르치고 있어요. 서고는 문학 교육을 하기에 최적의 장소니까요.」

그는 문을 열어 둔 채 나가 버렸다.

「마치 우리를 감시하고 있는 것 같네.」 피가 한숨을 쉬며 말했다.

그는 『오르젤 백작의 무도회』를 집어 들었다.

나는 약속 장소에 정시에 도착했다. 교수는 무척 감격한 얼굴로 날 기다리고 있었는데, 굳이 그 표정을 감추려 들지도 않았다.

「안 올까 봐 조마조마했어.」

「내가 왜 안 오겠어요?」

「자네한테는 분명 나보다 훨씬 나은 교제 상대들이 있을 테니까.」

「아뇨, 없어요. 교수님을 제외하곤 내 학생밖에 안 만나요. 오늘 오후에 그 학생과 수업을 했어요. 교수님은 사람들을 많이 만나세요?」

「아무도. 난 친구가 없어.」

「다른 교수님 중에도 없어요?」

「자네도 알다시피, 다 따로 놀아. 내가 강의를 많이 하는 것도 아니고, 말이 많은 편도 아니잖아. 그런데 뭐 하러 나한테 관심을 기울이겠어?」

「결혼한 적이 있다고 했죠. 얘기해 줘요.」

「고전적인 코스였어. 스물두 살 때 또래 여자애한테 푹 빠져 결혼했어. 그런데 아내는 얼마 안 가 나보다 훨씬 매력적인 남자들이 널려 있다는 사실을 깨달았지. 어느 날, 그녀가 다른 남자와 사랑에 빠졌다고 통보하더군. 그래서 이혼했어. 친구로 남기로 하고.」

「붙잡으려고 해보지 않았나요?」

「다른 남자와 사랑에 빠졌는데 뭐 하러.」

「그 후로 다른 사랑은 없었나요?」

「없었어.」

「그게 어떻게 가능하죠?」

「어떻게 말해야 할지 모르겠군. 사랑을 억지로 할 수는 없잖아. 내가 누군가에게 말을 걸 용기를 내려면 그 사람한테 푹 빠져야 해.」

「사랑에 빠진 여학생들, 교수님 주변에도 없지 않았

을 것 같은데요.」

「있었지. 나한테는 크게 와닿지 않았어. 하지만 자네
는, 자네는 아주 일찍부터 눈여겨봤어. 자기 세계에 동
떨어진 채 혼자 지내고, 내 강의를 집중해서 듣는 태도
가 남달랐거든.」

「내가 따돌림당하는 듯이 보였겠죠. 그게 교수님 마
음에 들었을 거고.」

「자네는 따돌림당하는 듯이 보이지 않아. 무리에 속
하지 않을 뿐이지. 자네는 다른 학생들을 닮으려고 애
쓰지도 않고, 잘나가는 학생들을 추종하지도, 그들에게
맞서려고 하지도 않아.」

「맞아요. 그래서 공개적으로 모욕을 당했고, 교수님
은 구원자 역할을 하는 게 좋은 거죠.」

「자네는 구원받을 필요가 없어. 구원할 힘을 지녔으
니까.」

「내게 없는 자질들을 나에게 부여하시네요.」

「신화가 내 전공이야. 자네는 젊은 아테나를 닮았어.
흔히들 그 신의 지성을 찬양하는데, 맞긴 하지. 하지만
사람들은 그녀의 아름다움에 관해 말하는 걸 늘 잊는단

말이야. 어떤 초상을 봐도 아테나는 아주 아름다운데.」

「내가 그 정도로 아름답다면 사람들이 진작에 그렇다고 얘기해 줬을 거예요.」

「아니지. 우린 북유럽인이야. 상냥한 말을 하는 법이 절대 없는 종족이지. 율리우스 카이사르는 『갈리아 전기』에 우리에 관해 아주 좋은 말을 썼어.」

「Omnium Gallorum fortissimi sunt Belgae(골족 중에서 벨기에인이 가장 용감하다).」

「거기에다 덜 알려진 이 문장을 덧붙이지. 〈벨기에인은 게르만인과 지척에 있어 끊임없이 전쟁을 벌였다. 그들은 남쪽 로마의 지방들과 비교적 멀리 떨어져 있어 상인들과 접촉해도 말랑말랑해지지 않았다.〉이렇게 묘사한 걸 보면 우리가 영웅의 민족인 것 같지만 실상은 그렇지 않지. 사실, 우리는 야만인들이야. 자네를 모욕한 급우도 야만인으로서 행동한 거고. 자네와 나는 야만인 족속 가운데 태어난 섬세한 존재들이야. 우리가 외톨이로 지내는 것도 그 때문이지.」

종업원이 와서 뭘 마시겠느냐고 물었다. 교수는 샴페인을 주문했다. 내가 어리둥절한 표정을 짓자, 그가 의

외라는 듯 물었다.

「샴페인 안 좋아해?」

「무척 좋아하죠. 하지만 우리에게 뭔가 축하할 일이 있나요?」

「우리의 만남.」

「날 취하게 하려는 건가요?」

「적어도 나는 취할 필요가 있어.」

「알코올 의존증이 있으세요?」

「전혀. 소심한 성격이라 그래.」

종업원이 얼음 통을 갖다 놓고 되츠Deutz 샴페인병을 땄다. 그가 샴페인 잔 두 개를 채웠다.

「우리를 위해!」 교수가 말했다.

그 맛은 이루 말할 수 없을 정도로 좋았다.

「이것 때문에라도 고대에 태어나지 않은 게 다행이야.」 그가 말을 이었다. 「당시 사람들은 제대로 된 술을 못 마셨어. 순수한 포도주는 삼킬 수조차 없을 정도였지. 그걸 삼키려면 물에 섞은 다음 각종 향신료를 타야 했어. 그 유명한 헌주(獻酒)는 술 단지를 봉할 때 사용하는 기름이 흠뻑 밴, 단지 윗부분에 고인 술이었어. 따라서 그들이 신들에게 바친 포도주는 정말 형편없었을 거야.」

내 잔은 이미 비어 있었다.

「정말 빨리 마시는군!」

「그러네요.」

「늘 이렇게 마시나?」

「누가 날 위해 샴페인을 주문한 건 처음이에요. 그래서 당연히 습관 같은 건 없어요.」

「자네에 관해 말해 줘. 취하기 전에.」

「아버지는 마르베앙[18]역 역장이에요.」

「어디라고?」

「마르베앙, 아르덴의 작은 마을이에요. 아버지는 거기서 태어나셨죠. 그의 꿈은 마르베앙역의 역장이 되는 거였어요. 꿈을 이루신 셈이죠.」

「멋지군. 어머니는?」

「어머니는 발 관리사로 일하세요.」

「마르베앙에서?」

「예. 모든 마을 주민의 발을 속속들이 아세요.」

18 Marbehan. 벨기에 남부 왈롱 지방에 있는 작은 마을.

138

「주민들이 발에 문제가 많나 보지?」

「어디나 그렇잖아요. 발 관리사는 아주 사교적인 직업이에요. 발을 보여 주러 오는 사람들과 대화를 나눠야 하니까요. 어머니는 그 일을 아주 잘하세요. 발에 박인 못도 제거하고 각질도 벗겨 주면서 그들의 자식과 암소 들에 관해 이런저런 질문을 하죠.」

「암소?」

「마르베앙은 시골이에요. 난 자연에서 자랐어요.」

「마르베앙에 학교도 있나?」

「초등학교는 있어요. 나도 거길 다녔죠. 중학교는 아를롱[19]에서 나왔고요. 매일 기차로 통학했어요.」

「형제는 있고?」

「아뇨. 있었으면 좋겠다 싶었어요. 늘 많이 외로웠거든요.」

「마르베앙에는 지금도 자주 가나?」

「아주 가끔. 난 그 지방을 좋아해요. 특히 숲을. 하지만 기차를 타고 두 시간을 가야 하니 쉬운 일은 아니죠. 그래서 브뤼셀을 발견하는 법을 배우고 있어요.」

19 Arlon. 벨기에 왈롱 지방의 소도시.

「브뤼셀은 마음에 들어?」

「예. 나의 첫 번째 대도시거든요. 매일 아침 기차를
타고 마르베앙에서 아를롱으로 통학하던 시절에는 마
치 대도시로 가는 듯한 기분이 들었어요. 지금은 아를
롱도 아주 작은 도시라는 걸 알지만.」

「최초의 갈로-로마 도시 중 하나지.」

「맞아요. 그 얘기, 중학교 다닐 때 귀가 따가울 정도
로 들었어요! 교수님은 어디 출신이에요?」

「난 늘 브뤼셀에서 살았어.」

「여기서 자란다는 건 어때요?」

「즐길 거리는 분명히 있지만, 내 경우에는 그렇지가
않았어. 나도 자네처럼 늘 혼자였지. 그렇다고 불평하
는 건 아냐. 고독을 좋아하거든. 고독을 벗어나는 유효
하고 유일한 이유는 사랑뿐이야.」

그가 잔들을 다시 채웠다. 나는 또다시 눈 깜빡할 새
도 없이 잔을 비웠다.

「러시아인이야 뭐야!」

내가 웃음을 터뜨렸다.

「그렇네요. 취했어요. 나는 이 알딸딸한 느낌이 너무

좋아요.」

「어떤지 얘기해 줘.」

「샴페인의 정령이 내 안에 있어요. 난 가볍고 쾌활해요.」

「나도 자네만큼 빨리 마셔 볼 테야.」

그가 자기 잔을 단숨에 들이켜고는 다시 잔들을 채웠다.

샴페인병이 비자, 취해서 가벼워진 우리는 서로 팔짱을 끼고 밖으로 나왔다. 나는 기분이 좋아 달리기 시작했다.

「어디 가는 거야?」

「내 비행선에 같이 탈래요? 우리, 올림포스 신들의 세계를 같이 바라봐요. 나더러 아테나라면서요?」

우리는 막 문을 닫으려고 하는 초콜릿 가게 앞을 지나갔다. 나는 가게 안으로 냅다 들어갔다.

「먹고 싶어!」 내가 선반들을 가리키며 말했다.

도미니크 장송은 날 따라다니며 내가 가리키는 초콜릿 종류를 한 상자씩 샀다.

들뜰 대로 들뜬 나는 눈에 띄는 첫 번째 벤치에 털썩

주저앉았다.

「우리 집에 가지 않을래?」교수가 물었다.

「초콜릿을 사방에 묻힐 거예요. 여기서 먹는 게 나아요.」

「사람들이 우릴 볼 거야.」

「거리에서 프랄린[20]을 먹는 게 뭐가 나빠요?」

나는 더 기다리지 않고 교수와 나 사이에 상자들을 늘어놓고는 하나씩 열었다.

「각자 알아서 먹기!」내가 선언했다.

나는 공격에 나섰다. 먼저 아스트리드 한 알을 집어 깨물자 캐러멜화된 딱딱한 겉껍질이 이 아래에서 으깨졌다. 나는 쾌감으로 한숨을 내쉬었다. 겨우 눈꺼풀을 든 나는 도미니크 장송이 나를 따라 하는 모습을 보았다.

「난 항상 가장 기름지거나 단 것부터 시작해요.」내가 마농 한 알을 깨물며 말했다.

「나한테 조카딸이 있는데, 그 아이는 마농이라는 이름이 프랄린 이름에서 온 거라고 믿어.」

「그 조카분이 자식을 낳을 때마다 초콜릿 이름을 붙

20 praline. 벨기에식 초콜릿.

여 주면 멋지겠네요.」

바늘에 실 가듯, 우리는 모든 프랄린을 먹어 치웠다. 날은 이미 어두워져 있었다.

「이제 우리 집으로 가면 어떨까?」 도미니크 장송이 제안했다.

「교수님 집에 안초비절임이나 피클이 있다면.」

「올리브절임은 어때?」

「그것도 좋죠.」

그의 아파트는 수수해 보였다. 나는 초콜릿 범벅인 손가락을 꼼꼼히 씻고 거실로 가서 올리브절임 한 사발을 마구 씹어 먹었다. 그러자 술이 웬만큼 깼고, 내가 비교 신화학 교수 집 거실 소파에 그와 단둘이 앉아 있다는 사실을 깨달았다.

「이제 뭘 하죠?」

「네가 원하는 것, 앙주.」

나는 엄청난 피로감을 느꼈다.

「자고 싶어요.」

그는 나에게 침대를 내주고 소파에 가서 누웠다. 뭐

든 생각하고 자시고 할 겨를이 없었다. 곧바로 잠이 들었으니까.

나는 한밤중에 깨어났다. 교수는 깊은 잠에 빠져 있었다. 양복과 넥타이 차림으로. 발끝을 세우고 조심조심 아파트를 빠져나왔다. 45분을 걸어 집으로 돌아온 나는 내 침대에서 그날 밤을 마무리했다.

그날 오후, 루세르 씨의 집으로 갔다. 피가 놀란 눈으로 나를 쳐다보며 말했다.

「오늘은 어제보다 더 이상해 보이네요.」

「간이식당이 구내식당을 비웃는 격이네.」

「그거 벨기에 말이에요? 무슨 말인지 못 알아먹겠어요.」

「아주 훌륭한 프랑스식 표현이야. 음…… 훌륭하진 않을지 몰라도 프랑스식 표현이긴 해.」

「프랑스어를 벨기에 사람한테 배우는 게 과연 타당한 일인지…….」

「말을 끊어서 미안한데, 네가 말하는 그 언어의 가장

훌륭한 문법학자들은 대개 벨기에인이야. 따라서 벨기에인을 선생으로 두는 건 지극히 타당한 일이라고. 게다가 나는 프랑스어를 가르치기 위해서가 아니라, 너의 독서 장애를 치료하기 위해 고용되었어. 그리고 그걸 대번에 해냈지. 그래서 난 내가 여길 계속 오는 게 대단히 친절한 일이라고 생각해. 내 임무는 이미 완수했고 넌 점점 더 불쾌하게 변해 가고 있으니까.」

「내가 그 정도로 불쾌해요?」

「2에서 7까지 단계가 있다면, 6단계야.」

「괜찮네요, 아직 여유가 있으니까.」

내가 웃음을 터뜨렸다.

「『오르젤 백작의 무도회』 얘기나 해봐.」

「끔찍했어요. 당신이 이 책을 좋아했다는 게 믿어지지 않을 정도로. 날 함정에 빠뜨리려고 그런 척하는 거죠?」

「뭐라고?」

「난 당신의 함정에 빠지지 않아요. 당신의 말만으로는 믿을 수 없어요. 당신도 그 소설을 싫어해요.」

「도대체 왜 그래?」

「이 책은 너무 지루해요. 그냥 아무 말이나 하고 있다고요.『육체의 악마』와는 완전히 달라요.」

「마지막 말은 나도 동의해. 하지만 그것 말고는, 미안하게도 난 이 책을 좋아해. 이 책은 문학의 검은 다이아몬드야. 남편, 아내, 정부라는 고전적인 삼각관계에 관해서 이보다 더 아름답고, 섬세하고, 교양 있게 쓴 사람은 없었어.」

「날 골리려고 그렇게 말하는 거죠?」

「아니야. 너에게는 이 책을 좋아하지 않을 권리가 있어.」

「난 정말 당신이 날 시험한다고 믿었어요.」

「내가 왜 그러겠어?」

「내가 당신에게 어울리지 않는다는 사실을 증명하려고.」

「피, 제발 좀 그만해! 그 망상에서 좀 벗어나. 넌 나에게 어울릴 필요가 없어.」

「그렇게 생각한다면 사정이 더 안 좋네요. 한 번도 날 사랑하는 남자로 여겨 본 적이 없다는 뜻이니까.」

「당연하지.」

「내 나이 때문이에요?」

「전혀 관계가 없어.」

「그럼 무엇 때문이에요?」

「난 다른 사람을 사랑해.」

그의 표정이 일그러졌다.

「누군데요?」

「그걸 너에게 밝힐 의무는 없어.」

「왜 좀 더 일찍 털어놓지 않았어요?」

「너랑 상관없는 일이니까.」

「아니죠. 내가 당신을 사랑한다는 걸 알잖아요.」

「아니, 넌 날 사랑하지 않아. 넌 상처받기 쉬운 외로운 아이야. 그래서 처음 대하는 아무 여자나 매력적이라고 느끼는 거야. 그게 다야.」

「날 그 정도로 경멸해요?」

「난 널 대단히 높게 평가해. 하지만 널 사랑하지는 않아. 그건 바뀔 가능성이 없어.」

「아빠가 당신의 연인인가요?」

「아니. 오늘 어디 안 좋니, 피?」

「당신의 삶에 나이 든 남자가 있다는 느낌이 들어요.」

「네 아빠 말고도 나이 든 남자는 많아.」

「그러니까 나이 든 남자가 있다는 사실은 인정하는 거네요?」

「그래, 너보다는 나이가 많지.」

「내가 프랑수아 드 세리외즈[21]인 셈인가요?」

「네가 그와 닮았다고 생각하니?」

「내 안에서 아귀가 안 맞고 삐걱거리는 게 도대체 뭐죠, 앙주? 난 왜 이 모양이에요?」

「넌 이 집을 벗어날 필요가 있어. 그게 다야. 친구도 만나고, 저녁 파티에도 가고.」

「난 친구가 없어요.」

「게을러서 그래. 너희 학교에 호감 가는 학생이 한 명도 없다는 건 불가능해.」

「내 여자 친구가 되어 줄래요?」

「내가 잘 이해한 거라면, 넌 삶의 모든 영역에 써먹을 임시방편으로 날 선택했어. 그보다는 『오르젤 백작의 무도회』에 관해 말해 봐.」

「난 이 책이 쓰인 방식이 마음에 안 들어요. 고리타분

---

21 『오르젤 백작의 무도회』에서 젊은 정부 역할을 하는 인물.

「해요.」

「라디게는 열일곱 살 때 이 책을 썼어.」

「『육체의 악마』, 그건 젊어요. 그래서 훨씬 나아요.」

「『일리아스』는 아주 좋아했잖아. 그것도 젊다고 주장할래?」

「그건 젊지도 늙지도 않았어요. 이상야릇한 거죠.」

「바로 그거야. 『오르젤 백작의 무도회』도 이상야릇한 프레시오지테[22]를 지녔어. 콕토[23]와 라디게는 『클레브 공작 부인』을 다시 읽으며 찬탄해 마지않았고, 마치 두 신진 화가가 「모나리자」를 다시 그리며 연습하는 것처럼 각자 그 작품을 다시 써보기로 했지. 그렇게 걸작 두 편, 콕토의 『사기꾼 토마』와 라디게의 『오르젤 백작의 무도회』가 나오게 된 거야.」

「어찌 됐든 상관없어요. 게다가 난 『클레브 공작 부인』도 안 읽었어요.」

「그럼 읽어. 내가 가장 좋아하는 소설이니까.」

---

22 préciosité. 17세기의 재치 있고 세련된 취향의 문학적 경향.

23 Jean Cocteau(1889~1963). 프랑스 시인, 소설가, 극작가. 라디게의 멘토 역할을 했는데, 두 사람이 연인 관계라는 소문이 파다했다.

「그래서 내가 그 책을 좋아하지 않으면 날 싫어할 건
가요?」

나에게 과외비를 주기 위해 서재에서 나온 그레구아
르 루세르는 아들만큼이나 묘한 표정으로 날 쳐다보았
다. 그 미치광이들의 집은 점점 더 나를 불편하게 했다.

나는 비교 신화학 교수를 사랑하게 될까? 스스로 이
질문을 던진다는 사실 자체가 내가 그럴 수도 있다는
것을 증명했다. 그가 무척 좋기는 했다.

내가 여태까지 겪었던 관계들은 빠르고 구질구질한
교환이었다. 세심하게 배려하고 친절한 누군가와 관계
를 맺는 건 기분 좋고 새로운 경험이었다.

「아무도 몰랐으면 좋겠어요. 교수님을 위해서나, 나
를 위해서나.」내가 그에게 말했다.

「물론이지. 나도 이해해.」

그는 모든 것을 이해했다. 우리는 결국 같이 잤다. 그
러고 싶어 죽을 지경은 아니었지만, 예상보다 훨씬 좋
았다.

「난 스무 살 이후로 한 번도 사랑을 나눠 본 적이 없

어. 그래서 다시 동정이 되어 버렸지.」 그가 털어놓았다.

그는 행복으로 환하게 빛나 보였다.

일주일이 지나서야 피가, 그러니까 그의 아버지가 나에게 연락을 했다.

「『일리아스』는 단 하룻밤 만에 읽더니, 『클레브 공작 부인』은 일주일이나 걸렸네. 설명해 봐.」 내가 서두 삼아 말을 꺼냈다.

「복잡해서요. 등장인물이 많잖아요.」

「『일리아스』에 비하면 훨씬 적지.」

「이건 전쟁에 관한 책이 아니잖아요.」

「그렇게 생각해? 한 남자가 지조를 철통같이 지키는 여자를 공략하잖아.」

「좋지 않았다고는 말하지 않았어요. 내가 이해할 수

없는 건 그게 당신이 가장 좋아하는 소설이라는 점이에
요. 뭐가 그렇게 좋아요?」

「그보다 더 아름답고 섬세한 작품을 쓴 사람은 아무
도 없었어. 두 주인공 사이에 흐르는 사랑의 긴장이 손
에 잡힐 듯 느껴지잖아. 그 책을 읽을 때마다 마치 전기
에 감전되는 듯한 느낌을 받아.」

「다시 읽기까지 해요?」

「왜 그런 즐거움을 스스로 박탈하겠어?」

「난 아직 독서가 즐거움이 되는 수준까지는 이르지
못했어요. 그런데 다시 읽다니, 생각해 보세요! 날 절망
에 빠뜨리는 건 우리 사이에 공통점이 거의 없다는 점
이에요.」

「그게 중요해?」

「그럼요. 당신은 결코 나의 우정을 원하지 않을 거
예요.」

「너에게 여자 친구란 너를 닮은 사람이니?」

「꼭 그렇진 않지만, 서로 공통점이 없으면…….」

「우린 네가 생각하는 것보다 훨씬 많은 공통점이 있
어. 게다가 사람들은 공통점이 없어도 진정한 친구가

될 수 있고.」

「그래요?」

「그것과 관련된 이야기가 하나 있어. 세잔에게는 모두가 형편없다고, 흥미로울 게 전혀 없다고 생각한 친구가 하나 있었어. 어느 날 그 친구가 없을 때 사람들이 세잔에게 어떻게 그런 인간에게 우정을 느낄 수 있냐고 물었지. 궁지에 몰린 세잔은 결국 이렇게 대답했어. 〈그 친구, 올리브를 참 잘 골라.〉」

「난 올리브에 관해선 아무것도 몰라요.」

「넌 형편없거나 흥미로울 게 전혀 없는 사람과는 거리가 멀어, 피. 난 너에게 우정을 느껴. 하지만 그렇다고 해서 너의 여자 친구는 아니지. 난 너에게 이것저것 가르쳐 주려고 여기 오는 거야.」

「그럼 나에게 사는 법을 가르쳐 줘요. 나에게는 그게 꼭 필요하니까.」

「넌 날 너무 압박하고 있어. 난 누구한테도 사는 법을 배워 본 적이 없어.」

「내가 재능이 없다는 게 뻔히 보이잖아요.」

「난 내가 정말 살아 있는지 확신할 수조차 없어.」

155

「난 당신이 생생하게 살아 있다고 확신해요. 당신이 처음 여기 왔을 때, 마치 삶이 도래하는 것 같았으니까요. 당신이 가고 나면 모든 게 꺼져 버리지만.」

듣기 민망한 고백이 부담스러웠던 나는 우리가 외출할 거라고 예고했다.

「언제요?」

「지금 당장. 웃옷 걸쳐.」

피의 아버지에게 대응할 시간을 주지 말아야 했다.

거리로 나오자, 피가 어디로 가는 거냐고 물었다.

「푸아르 뒤 미디.²⁴ 넌 너무 부자 동네만 다녀.」

「푸아르에 자주 가세요?」

「물론이지.」나는 거짓말을 했다.

「난 한 번도 가본 적이 없는 것 같아요.」

「〈같아요〉라고 할 필요 없어. 한 번도 가본 적이 없는 게 확실히 보이니까.」

우리는 전차를 타고 장날 분위기가 물씬 풍기는 푸아르 뒤 미디로 갔다. 공기에서 튀김 냄새와 사람들의 입 냄새가 났다. 나는 범퍼카 경주장, 사격장, 귀신의 집으

---

24 Foire du Midi. 브뤼셀에 있는 일종의 놀이공원.

로 피를 데리고 다녔다. 그는 사방을 경계하는 화성인처럼 겁에 질린 표정으로 나를 졸졸 따라다녔다.

「긴장 풀고 즐겨, 피! 우린 놀이공원에 와 있어.」

「사람들은 여기 뭐 하러 와요?」

「즐기러 오지.」

「이게 재미있나요?」

「나더러 사는 법을 가르쳐 달라며. 열의를 조금이라도 보여 줄 수 없어?」

나는 그에게 뜨끈뜨끈한 리에주와플을 사주었다. 그는 아주 맛있게 먹었다.

「이거 정말 맛있네요.」

「잘됐네.」

「맥주 한잔 사줄까요?」

「좋아.」

그 흔한 쥐필레르[25]였지만, 효과는 즉각적이었다. 피가 마침내 긴장을 풀었다. 우리는 트램펄린을 타러 갔고, 피는 아이처럼 깔깔대며 점프했다. 그는 먹은 것을 토할 정도가 되어서야 뛰기를 멈췄다.

25 Jupiler. 가장 대중적인 벨기에 맥주 브랜드.

「좋아. 놀이공원에 와서 속을 게워 내지 않으면 정말 재미있게 놀지 않았다는 뜻이니까.」 내가 그를 축하했다.

「벨기에 사람들은 야만인들이에요!」

「맞아. 너에게도 그게ça 필요해. 너는 야만인들과 충분히 어울리지 못했어.」

「토하는 걸 보여 줘서 창피해요.」

「그게ça 관계들을 만들어 내.」

「언제부턴가 〈cela〉를 쓰지 않네요.」

「푸아르 뒤 미디에서 〈cela〉를 썼다가는 징역형을 살 수도 있어.」

「당신은, 당신은 토하지 않나요?」

나는 승객들을 공중에 띄워 놓고 빙글빙글 돌리는 놀이 기구를 올려다보았다.

「나한테 5분만 줘.」 내가 말했다.

나는 다음번 차례에 놀이 기구에 올라탔다. 놀이 기구에서 내린 나는 후닥닥 피 근처로 달려가 토했고, 피는 손뼉을 쳐댔다. 뿌듯했다.

「당신은 점잔 떠는 사람이 아니에요.」 피가 존경의 눈

158

빛으로 말했다.

우리는 집으로 돌아가기 위해 전차를 탔다. 도중에 내가 미친 듯이 웃어 대며 말했다.

「이번 수업은『클레브 공작 부인』에 관해 얘기하기로 되어 있었잖아.」

「맞아요. 그런데 공작 부인과 느무르[26]가 푸아르에 가서 먹은 걸 토했죠.」

나는 그의 역할 배분에 술이 번뜩 깼다.

26 『클레브 공작 부인』의 남자 주인공.

보복은 즉각적으로 이루어졌다.

「나는 우리 아들을 놀이공원에 데려가라고 당신에게 돈을 주는 게 아니오.」

「아주 잘됐네요. 절 해고하세요.」

「당신이 피를 버리면, 그 아이는 결코 회복되지 못할 거요. 당신도 알잖소.」

「가증스러운 아버지네요.」

「그 주제에 관한 당신의 의견 따윈 아무래도 좋소.」

피에게 돌아갔을 때, 나는 화난 표정을 짓고 있었다.

「아빠가 당신에게도 뭐라고 했어요?」

「그 얘긴 하지 말자.」

「봐요, 난 학교 교과 과정에 있는 것보다 훨씬 많은 책을 읽었어요.」

「감히 바라는데, 난 네 목표가 자신을 교과 과정에 맞춰 가는 게 아니었으면 좋겠어.」

「그건 아니지만, 그래도 1학년 시험을 통과하긴 해야죠.」

「넌 쉽게 통과할 거야.」

「확실치 않아요. 선생들이 날 싫어하거든요.」

「왜?」

「내가 건방져서 그러나 봐요.」

「너 건방지니?」

「선생들을 존경하진 않아요.」

「그게 건방지게 행동할 이유는 안 되지. 공손하게 굴어. 사람들이 너에게 요구하는 건 그뿐이야.」

「내가 태도를 바꾼다고 해도 나에게는 건방진 애라는 딱지가 붙어 있을 거예요.」

「노력해 봐. 그럼 알게 될 거야.」

「실망스럽네요.」

「실망스러운 건 너야, 피. 내가 뭘 제안하든 순순히

받아들이는 법이 없으니까.」

「살고 싶은 마음을 갖기가 너무 힘들어요.」

「그래 계속해 봐, 이젠 아주 불쌍한 척 굴어 보라고.」

「그럼 불쌍하게 여기지 마세요. 내가 왜 살고 싶은 욕망을 갖겠어요? 이게 바로 진짜 질문이에요.」

「정말 좋은 것들이 숱하게 널려 있어.」

「아니라는 거 당신도 알잖아요. 고등학교를 성공적으로 마친다 해도, 난 아빠같이 형편없는 인간이 되기 위해 대학교에 등록해서 지루하기 짝이 없는 공부를 하게 될 거예요.」

「그럼 다른 길을 선택해. 모험가가 되렴.」

「이제 그건 가능하지 않아요.」

「천만에, 가능해.」

「그럼 고등학교는 뭐 하러 마쳐요?」

「손해 볼 건 없잖아. 예를 들면, 아주 아름다운 책들을 읽는 건 모험에 앞서 훌륭한 준비 작업이 되지.」

「당신은, 당신은 모험을 벌이지 않아도 삶에 만족하잖아요.」

「나는 내가 하는 공부를 좋아해. 브뤼셀을 발견하는

것도 좋아하고. 그게 내 모험이야.」

「난 당신을 사랑해요.」

「그만. 네가 그런 말을 하는 건 따분하기 때문이야.」

「당신하고 있으면 절대 따분하지 않아요.」

「다시 말하는데, 난 널 사랑하지 않고 앞으로도 그런 일은 없을 거야.」

「당신이 그렇게 말하는 건 당연해요. 당신은 클레브 공작 부인이고, 나는 느무르니까.」

「나는 클레브 공작 부인이 아니고, 너도 느무르가 아니야. 난 너에게 우정을 느껴, 피. 그 우정을 잃지 않게 행동해.」

「협박하는 거예요?」

「주의 주는 거지. 그건 달라.」

「당신 덕분에 라 파예트[27]의 시대에 사는 기분이 들어요. 주름 장식 깃으로 꾸민 당신을 보면 좋겠어요.」

「그거 내가 아주 좋아하는 패션이야. 난 맞주름 잡힌 풍성한 소매가 달린 상의를 입은 널 보고 싶어.」

27 Madame de La Fayette(1634~1693). 17세기 프랑스 소설가. 『클레 브 공작 부인』의 저자이다.

「맞주름? 구멍 난 타이어처럼요?」[28]

「전혀 다른 거야. 맞주름은 궁궐에서 사치스러운 옷들에 넣었던 속이 빈 주름이야. 오늘날에는 옷에 속이 빈 주름이 있어도 아무 쓸모가 없지. 하지만 당시에는 맞주름 속 공간에 화려한 천을 감췄어. 아주 세련된 디테일이었지.」

「이 소설에도 속이 빈 주름들이 있어요.」

「잘 봤어. 느무르와 공작 부인이 함께 쓴 편지 일화처럼 감탄하지 않을 수 없는 서사의 맞주름들이 있지. 봐, 너도 이 소설을 좋아한 거야.」

「나는 당신과 나의 이야기를 이 정도로 떠올리게 하는 내용을 정말로 좋아할 순 없어요.」

「또 한 번 말하는데, 우린 이 소설의 주인공들과는 아무런 관계도 없어. 음악은 듣니?」

「가끔 들어요.」

「무슨 음악을 들어?」

「들려드려요? 그럼 내 방으로 가요.」

---

28 맞주름을 잡은 소매는 프랑스어로 〈la manche à crevés〉인데, 〈crevé〉는 〈구멍이 났다〉라는 뜻이다.

누군가의 방을 발견하는 것은 늘 침입의 성격을 띤
다. 피의 방은 막 이사 온 여느 소년의 방처럼 특징이 거
의 없었다. 그는 고급 주택의 아르 데코 모티프들을 그
대로 두었다. 벽에는 아무것도 걸려 있지 않았고, 소박
한 가구는 그 집이 본래 가진 우아함을 전혀 해치지 않
았다.

　하지만 음악만큼은 분명 그의 것이었다. 그가 스크릴
릭스[29]를 틀고는 볼륨을 최고로 높였다.

「〈이즈 마이 마인드 Ease My Mind〉. 이 노래 너무
좋아.」

「이 노래 알아요?」

「날 뭘로 보는 거야?」

「이것도 알아요?」

아주 깊고 낯선 음들이 방 안을 가득 채웠다.

「뭐야?」

「인펙티드 머시룸[30]의 〈리퀴드 스모크 Liquid Smoke〉.」

「끝내주네. 이 그룹은 몰랐어.」

---

29 Skrillex. 미국 출신의 디제이 겸 프로듀서.

30 Infected Mushroom. 이스라엘 출신의 전자 음악 듀오.

「모두 다 들려줄게요.」

「안 돼. 너희 아버지가 나한테 잔소리를 해댈 거야. 자, 잊을까 봐 상기하는데, 넌 학교에서 친구들을 사귀기로 나하고 약속했어. 이건 과제야!」

그레구아르 루세르가 나에게 봉투를 내밀었을 때, 나는 그가 당장이라도 날 물어뜯을 것 같은 느낌이 들었다.

그날 저녁, 나는 도미니크에게 어떤 음악을 듣느냐고 물었다. 그는 아르투르 루빈스타인이 연주한 쇼팽 53번 곡을 틀었다.

「〈영웅〉이잖아!」 내가 소리쳤다.

「응, 내가 가장 좋아하는 폴로네즈야.」

나는 마르타 아르헤리치의 연주밖에 알지 못했다. 그것도 대단히 훌륭하지만, 루빈스타인의 연주는 그야말로 충격적이었다.

내가 만나는 두 남자는 세상에서 가장 탁월한 음악적 취향을 갖고 있었다.

「과제는 어떻게 됐어?」

피가 한숨을 쉬고는 말했다.

「우리 반 애 중에 나만큼이나 왕따처럼 보이는 녀석을 찾아냈어요. 그래서 쉬는 시간에 그 남자애한테 접근했죠. 〈안녕, 얀.〉 〈나한테 원하는 게 뭐야?〉 〈원하는 거 없어. 그냥 알고 지내자고.〉 〈너 어디 아프냐?〉 〈아니. 난 그냥 네가 어떤 애인지 알고 싶어.〉 〈꺼져!〉 그다음 쉬는 시간에는 역시 처지가 같아 보이는 여자애한테 시도해 봤어요. 그 애 말이 〈여자를 꼬시는 네 방식이 너무 후져〉래요.」

「아마 상대를 잘못 고른 거겠지.」

「시도를 계속해야 할까요?」

「그럼. 두 번은 너무 적어.」

「전쟁터로 나가는 기분이 들어요.」

「그래도 위험은 전혀 없잖아.」

「정말이지 당신이 요구하기 때문에 하는 거예요.」

「피, 넌 외로워 죽을 지경이잖아.」

「맞아요. 하지만 약이 병보다 더 안 좋아요.」

「너에게 맞는 약을 아직 찾지 못한 것뿐이야.」

「찾았어요. 당신.」

나는 몇 번째인지 모를 그 고백을 무시했다.

「그러고 보니 네가 무기에 대한 열정을 토로하지 않은 지 오래됐네.」

「그 주제에 관해 어떤 말을 할 수 있을지 모르겠네요. 나한테는 무기가 없거든요.」

「오히려 다행이지.」

「나한테 있으면, 난 그걸 사용할 거예요.」

「내가 말하려던 게 그거야. 비폭력적인 네 기질은 어디다 갖다 버렸니?」

「솔직히, 난 점점 더 나빠져요.」

「운동을 해보면 어떻겠니?」

「운동은 질색이에요.」

「넌 신체적인 활동도 안 해. 그렇다고 친구를 사귀거
나 사교적인 활동을 하는 것도 아냐. 그런데 어떻게 잘
지내기를 바라니?」

「내게는 삶이 없어요. 진실은 바로 그거예요. 난 그게
유전적인 게 아닌가 하는 두려운 생각이 들어요. 아빠,
엄마를 관찰해 보면 그들에게도 삶이 없거든요. 우리
반 애들에게도……. 솔직히 말해, 내 주변에서 삶이 있
는 사람은 당신이 유일해요. 가르쳐 줘요.」

「난 너에게 욕망을 가르쳐 줄 순 없어. 욕망이 있어야
삶이 있게 되는 거니까.」

「내가 욕망하는 삶은 바로 당신이에요.」

「난 널 욕망하지 않아. 끝.」

「내가 그 말을 믿을 수 없는 건 왜죠?」

「네가 시건방져서 그래. 아니면 색정광이거나. 후자
가 더 안 좋지. 어떤 경우든 네가 또다시 그 얘길 꺼내면
내가 당장 과외를 때려치울 거라는 거 알아 둬.」

「그럼 난 어떻게 이 상태에서 벗어나야 할까요?」

「그건 네가 생각하는 것보다 훨씬 쉬워.」

「당신을 사랑하지 않는 사람을 사랑해 본 적이 있어요?」

「물론 있지.」

「어떻게 됐어요?」

「내가 포기해 버렸어.」

「그냥 그렇게?」

「아니. 많이 힘들었어. 그러다가 다른 데로 눈을 돌렸지.」

「당신은 야만적인 벨기에인, 상스러운 사람이라 그래요. 난 너무 섬세해요.」

「그런 걸 자기만족이라 부르지. 난 〈인펙티트 머시룸〉을 최고 볼륨으로 틀어 놓고 듣는 사람은 그리 섬세하지 못하다고 생각해. 그리고 이건 칭찬이야.」

「난 음악인이 됐어야 했나 봐요.」

「아직 안 늦었어. 넌 기타나 드럼을 시작하기에 최적의 나이야.」

「전혀 그러고 싶지 않아요.」

「넌 정말이지 어쩔 수가 없는 애구나, 피. 뭔가에 도달하려고 기를 쓰고 노력해 봐. 죽기 전에 살란 말이야. 움직여!」

「뭐가 그걸 막는 걸까요?」

「그런 건 없어. 네 배꼽만 쳐다보는 짓은 그만둬.」

「숲으로 산책하러 나가고 싶어요. 갈까요?」

「좋은 생각.」

우리는 곧바로 출발했다. 수아뉴 숲[31]이 지척에 있었다. 숲이 키 큰 너도밤나무들과 낙엽 냄새로 우리를 맞아 주었다.

「여기로 이사 온 지 몇 달이 지났는데도, 우리 부모님이나 나나 이 숲에는 와본 적이 없어요.」

「네가 솔선해서 온 건 정말 잘한 일이야!」

「아빠는 이점은 하나도 누리지 않을 거면서 이렇게 입지가 좋은 집을 왜 선택했을까요?」

「너희 아버지는 객관적인 장점이 아니라 자신의 평판 때문에 이 동네를 선택한 것 같아. 이 숲은 유럽에서 손꼽히게 아름다운 숲 중 하나야.」

「당신이 매일 나와 이 숲을 거닐면서 수업을 해주면

---

31 forêt de Soignes. 브뤼셀의 허파라 불리는 거대한 숲.

좋겠어요.」

「아버지와 협상해 봐.」

「당신 생각에는 아빠가 동의할 것 같아요?」

「안 할 이유가 뭐가 있어?」

나는 공원에서 벗어나 거대한 숲 중앙으로 향하는 길로 그를 이끌었다.

「여긴 더 아름답네요.」 그가 감탄했다.

「그래. 넌 집에만 처박혀 있을 이유가 전혀 없어.」

우리가 돌아가자, 피의 아버지가 문을 열어 주었다. 나는 잔뜩 화가 난 그의 표정을 애써 외면하며 그에게 말했다.

「루소의 『고독한 산책자의 몽상』에 관한 수업이라 직접 산책하고 왔어요.」

「그 산책, 그리 고독하진 않았겠군.」 그레구아르 루세르가 불퉁스러운 말투로 대답했다.

「산책하지 않고 어떻게 산책을 가르쳐요?」

그가 마치 권총을 들이대듯 나에게 봉투를 내밀었다.

박테리아와 바이러스의 확산을 막기 위한 도나트의 지침에 따라, 우리는 각자 요리해서 부엌에서 저녁을 먹었다.

도나트가 왜 과외를 그만두라는 자기 말에는 전혀 귀를 기울이지 않느냐고 물었다. 내가 자초지종을 설명했다.

「그 애, 절대로 받아들이지 않을 거야.」 그녀가 말했다.

「그래도 거부할 구실을 또 찾아야만 할 거야.」

「찾아낼 거야.」

「피도 고집이 만만찮아. 계속 우길 거야.」

「도대체 그 벌집에서 왜 못 빠져나오는 거야?」

「난 그 애를 버릴 수가 없어.」

「네 늙다리 연인하고는 어떻게 돼가?」

「알고 있었어?」

「매일 전화를 해대니 목소리가 들릴 수밖에. 애송이는 아니더군. 난 네가 그 꼬맹이와 사랑에 빠지지 않을까 걱정했는데!」

그 대화가 기분을 뒤숭숭하게 했다. 그날 밤, 잠이 오지 않아 뒤척이는 동안 나는 내가 도미니크보다는 피에게 더 끌린다는 사실을 인정해야만 했다. 나는 도미니크를 사랑하지 않았다. 피도 사랑하진 않았지만, 마음에는 들었다. 도미니크보다 더.

세상에는 그 둘 외에 다른 남자들도 널려 있지 않는가? 당연했다. 하지만 나는 그들을 만나지 못했다. 시도해 보지 않은 탓은 아니었다. 내 삶은, 날 위해 존재하는 두 남자 중 하나는 열여섯 살, 다른 하나는 쉰 살이게 되어 있었다. 적어도 내가 연하나 연상에게 끌리는 그런 부류의 사람이라면! 아니, 나는 어떠한 나이대의 남자에게도 특별히 끌리지 않았다. 그래서 10대와 50대가 걸려들었는지도.

　나는 전형적인 모습들을 짜 맞추며 백마 탄 왕자를 상상하는 그런 사람도 아니었다. 내 마음을 움직이기 위해서는 실재하는 사람이 필요했다.

　피는 실재하는 사람일까? 그랬다, 하지만 겨우 그랬다. 피는 아직은 실재했다. 하지만 이런 식으로 2년이 지나면 그는 자기 부모처럼 변할 것이고, 실재 세계를 떠나 가짜 존재 중 하나, 상상을 초월하는 자본을 다루는 딜러, 가상 공간 속 도자기 수집가가 될 것이다. 그 소년은 자신이 겪고 있는 비극을 의식하고 있었다. 그래서 나에게 도움을 청했다. 그가 나에게 되풀이하는 사랑 고백은, 실재 세계를 향해 제발 자신에게 관심을 가져 달라고 간청하는 거나 다름없었다.

　그렇다면 도미니크는? 나는 그도 많이 좋아했다. 하지만 그는 내 마음을 아주 조금밖에 차지하지 못했다. 그는 풍경처럼 존재해서 우리를 기쁘게 해주는, 현실 세계의 가장자리에 속했다. 이런 생각을 하며 잠이 들었다.

수업을 하기로 한 시각에 아름다운 거처의 문을 열어
준 것은 피였다. 나는 그의 표정이 이상하다고 생각했
다. 늘 이상하긴 했지만.

「아버지하고 협상은 어떻게 됐어?」

「안 됐어요.」

「그럴 줄 알았다니까.」

「아뇨.」

「아니라니?」

그가 날 아버지의 서재로 데려갔다. 그의 아버지는
목이 베인 채로 바닥에 쓰러져 있었다. 사방이 피바다
였다.

나는 거리로 뛰어나와 속을 게웠다. 피가 따라 나왔다. 우리는 집으로 올라가는 계단에 나란히 앉았다. 피가 차분한 목소리로 말했다.

「당신과 산책하고 싶다고 조르며 아빠와 함께 서재에 있었어요. 아빠가 날 쳐다보지도 않고 집요하게 거절했어요. 그때, 나는 서재 거울을 통해 우리가 수업하는 거실이 보인다는 걸 깨달았어요. 그 더러운 인간이 우릴 엿보고 있었던 거예요. 그래서 난 가위를 집어 들고 아빠에게 달려들었고 목을 베어 버렸어요.」

「경찰을 불러야겠어.」내가 웅얼거렸다.

「아뇨.」

「정상 참작이 될 거야, 피. 너희 아버지는 가증스러운 사람이었어.」

「맞아요. 하지만 엄마는 아니죠. 내가 엄마도 죽였어요.」

「뭐라고?」

「엄마를 위해서. 엄마는 죽은 남편, 무엇보다 마루가 그런 상태가 된 걸 참아 내지 못했을 거예요. 난 엄마가 인터넷으로 자신의 수집품을 감상하는 방으로 갔어요.

엄마는 황홀경에 빠져 모니터에 뜬 작은 잔들을 바라보며 연신 탄성을 터뜨리고 있었죠. 내가 다가가는 소리를 듣지도 못했어요. 난 같은 가위로 엄마의 목을 벴어요.」

나는 망연자실해 있었다.

「부끄럽지 않아요. 또 해야 한다면, 서슴없이 또 저지를 거예요. 왜 그토록 오래 기다렸는지 모르겠어요.」

「넌 미성년자야. 그러니 특별 취급을 받게 될 거야.」

「난 달아날 거예요. 아빠 계좌에 있는 모든 돈을 내 계좌로 옮겼어요. 간단하더군요. 아빠 은행 사이트에 접속해 로그인하고 비밀번호를 치면 끝이에요. 당신은 내가 얼마나 부자인지 상상조차 할 수 없을 거예요. 나와 함께 떠나요, 앙주. 우리는 꿈꾸던 삶을 살고, 세계 곳곳을 여행할 거예요. 우리는 주거지를 가지는 바보짓은 하지 않을 테죠. 전 세계의 고급 호텔을 전전하며 생활할 거니까요.」

「피, 너의 제안은 현실적인 게 아니야. 넌 부모님 탓에 늘 현실 결핍에 시달렸어. 네가 저지른 두 건의 범죄가 그 표현이야.」

「맞아요. 난 현실에 실재하지 않는 존재들을 죽였어
요. 그러니 아무 잘못도 없어요.」

「법적인 시각에서는 그렇게 간단하질 않아. 경찰을
불러, 제발 부탁이야. 그게 현실 세계로 들어갈 유일한
기회가 될 거야.」

「난 절대 감옥에 가고 싶지 않아요.」

「너희 부모님이 너에게 어떤 짓을 했는지 내가 증언
할게. 무죄 선고를 받진 않겠지만, 확신하는데 가벼운
형을 받게 될 거야.」

「내가 상황을 악화할 거예요. 심신 미약을 내세우지
않을 테니까요. 난 광기에 사로잡혀 그런 짓을 한 게 아
니에요. 유일하게 이해할 수 없는 건 내가 왜 좀 더 일찍
그들을 죽이지 않았을까 하는 점이에요. 최소한의 완력
만 있어도 충분히 할 수 있었는데.」

「너를 행동에 나서게 한 게 분노라는 사실은 부인하
지 마.」

「그 분노는 아주 오래전부터 내 안에 있었어요. 반사
거울, 그게 적어도 10년 전부터 내 안에 차곡차곡 쌓여
온 울분에 불을 붙이는 불티가 됐죠.」

「여섯 살의 나이에 부모를 죽이고 싶어 하는 사람은 없어.」

「그건 당신 생각이죠. 난 처음으로 그러고 싶었던 순간을 아주 또렷하게 기억해요. 케이맨 제도에 있을 적이었는데, 우린 아주 호화로운 식당 테라스에 앉아 있었어요. 그때 우리가 잘 아는 부자 가족이 저녁 식사를 하기 위해 바로 옆 식탁에 자리를 잡았어요. 그 집 가장이 식대부터 계산하려고 신용 카드를 건넸는데, 종업원이 카드 사용이 중지되었다는 사실을 확인하고는 그들을 밖으로 내쫓아 버렸어요. 난 내 또래의 아들이 있던 그 부부를 아주 좋아했어요. 그래서 아빠한테 그들의 식대를 대신 계산해 주면 어떻겠냐고 제안했죠. 아빠는 어림 반 푼어치도 없다는 표정으로 껄껄 웃었어요. 내가 나중에 엄마한테 설명을 구했어요. 엄마는 이렇게 말하더군요. 〈애야, 우리가 세상의 모든 불행을 짊어질 순 없단다.〉〈모든 불행이 아니라 귀스타브의 불행이잖아요.〉 내가 고집을 부리자, 엄마는 물론 귀스타브는 결백하지만 그 부모는 정직하지 못해서 벌을 받아 마땅하다고 했어요. 나중에 귀스타브의 부모님이 우리 부모님보다 더 부정직하지는 않다는 것을 깨달았어요. 덜 교활했을 뿐이었죠. 그때부터 우리 부모님의 비명횡사에 내가 모종의 역할을 할 수 있기를 바랐어요.」

난 크게 낙담해 입을 다물었다.

「간단히 말해, 난 자수할 의사가 전혀 없어요.」

「그럼 달아나.」

「같이 안 갈래요?」

「아니.」

「왜요?」

「네가 제안하는 삶이 영 마음에 들지 않으니까.」

「날 사랑하지도 않고요.」

「난 널 많이 사랑해.」

그가 한숨을 쉬었다.

「안심해요. 내가 존속 살해를 저지른다고 나에 대한 당신의 마음이 바뀔 거라고 기대하진 않았으니까. 하지만 당신이 무척 그리울 거예요.」

「나도 네가 많이 보고 싶을 거야.」

나의 고백은 그의 눈빛이 반짝일 정도로 그의 마음을 흔들어 놓았다. 잠깐 사이에 그는 눈부신 청년이 되어 있었다. 그의 행동이 그에게서 서툰 사춘기의 찌꺼기들을 제거해 버린 것이었다. 내가 웃었다.

「난 이만 가볼게, 피.」

「앙주…….」

「응?」

「당신은 날 변화시켰어요. 당신 덕분에, 난 독자가 됐어요. 평생 위대한 책들을 읽을 거예요. 그리고 누가 나에게 그런 취향을 심어 줬는지 절대 잊지 않을 거예요.」

나는 그의 아버지가 아니었다면 우리가 서로 만나지도 못했을 거라고 감히 말하지 못했다. 그와 악수를 하고, 뒤도 돌아보지 않고 그곳을 나섰다.

다행스럽게도 도나트는 아파트에 없었다. 나는 눈물을 흘리며 쓰러졌다.

피를 더는 볼 수 없다는 슬픔 외에도 부조리한 만큼이나 깊은 죄책감을 느꼈다. 나는 결백한 자가 살인자가 되는 것을 막지 못했다. 어쩌면 내게 그럴 힘이 있었다고 가정하는 것 역시 교만할 정도로 멍청한 짓일지도.

피가 잘 요약한 것처럼, 내가 그에게 끼친 영향은 그를 위대한 문학의 독자로 변모시킨 데 있었다. 위대한 문학은 무해성(無害性)의 학교를 제외한 모든 것이다. 아이스킬로스, 소포클레스, 셰익스피어, 이들만 예로 들어도, 그들은 뛰어난 젊은이에게 그런 쓰레기들을 제거해 버리라고 명령했을 것이다.

난 그에게 무기를 제공하지는 않았지만, 범행의 문학적 기반을 가져다주긴 했다. 모든 위대한 텍스트는 속죄와 살해를 포함한다. 그것을 가르치는 게 내 의도는 아니었지만, 나는 지옥이 무엇으로 도배되어 있는지[32] 알고 있었다.

---

32 〈지옥으로 가는 길은 선의로 포장되어 있다〉라는 격언에서 따온 말.

수사 당국은 피의 흔적을 찾아내지 못했다. 경찰은 공식 성명을 발표했다. 범행 이튿날, 동네 주민이 난감해하는 또래 여성과 계단에 앉아 얘기를 나누는 소년을 목격했다는 내용이었다. 경찰은 그 여성에게 자진해서 신원을 밝혀 달라고 요청했다.

「혹시 너 아냐?」 도나트가 물었다.

「아니. 난 나이가 훨씬 많잖아.」

젊음은 하나의 재능이지만, 그것을 획득하려면 시간이 걸린다. 여러 해가 지난 후에 나는 마침내 젊은이가 되었다. 피의 두 범죄가 나에게 그것을 가르쳐 주었다.

젊음이란 재능은 거저 주어지는 것이 아니다

아멜리 노통브가 장기인 잔혹 동화로 돌아왔다. 말이 곧 행동인 그의 소설은 아무래도 가시 돋친 설전이 속도감 있게 펼쳐지고 잔혹한 결말로 이어져야 특유의 맛이 난다. 그 맛이 진하게 살아 있는 그의 스물아홉 번째 소설 『비행선』은 점점 가상 현실로 빠져드는 세태를 풍자하며, 두 젊은이 피와 앙주가 문학, 삶, 사랑에 눈뜨는 과정을 그리고 있다.

피는 열여섯 살, 대학 입시를 앞둔 고등학교 2학년이다. 어린 시절이라는 마법에서 깨어나 현실 원칙이 지배하는 세상과 마주해야 하는, 흔한 비유를 쓰자면, 알을 깨고 거듭나야 하는 〈변신〉의 시기, 불안의 시기를 겪고 있다. 그리고 그 불안은 〈독서 장애〉라는 증상으로 나타난다. 그래서 피의 아버지는 여느 학부모처럼 피에게 프랑스어 과외 선생 앙주를 붙여 준다(〈우리 아이가 수학은 잘하는데 국어를 못해요!〉). 그리고 가증스럽게도 거울 너머에서 수업을 감시한다.

앙주는 열아홉 살, 문헌학을 전공하는 대학교 2학년이다. 그 시절 작가의 분신이라 할 수 있는 그녀는 〈자기만의 방〉을 갖고자 하는 외톨이다(사실, 이 소설의 인물들은 모두 외톨이이고, 서로를 구원한다). 피처럼 사춘기의 시련을 혹독하게 겪었지만 적어도 그녀는 문학을 통해 구원을 얻었다고 믿는다. 그리고 남들 눈에 〈보이지 않는〉 그녀를 눈여겨본 또 다른 외톨이, 비교 신화학 교수가 내민 손을 (과감하게!) 잡음으로써 삶과 사랑에 눈을 뜬다.

피가 앙주에게 묻는다. 〈독서는 어떻게 해야 하죠?〉 앙주의 대답은 간단명료하다. 〈비결은 없어. 그냥 펼쳐서 읽으면 돼.〉〈읽어 봤을 테니 그냥 내용을 이야기해 주면 되잖아요.〉〈독서는 남이 해줄 수 없는 거야.〉 삶도 독서와 다르지 않다. 직접 살면서 배우는 것이다. 쉰 중반에

접어든 작가가 한 인터뷰에서 말한다. 〈난 열아홉 살 때보다 지금이 더 젊어요.〉 젊음은 거저 주어지는 게 아니라 시간을 들여 획득해야 하는 재능이다(소설의 마지막 문장). 책도 읽고, 친구도 사귀고, 놀러도 다니고……. 피의 표현에 따르면, 〈쓸데없는〉, 다시 말해 다른 것으로 환산되지 않는 활동을 하면서, 오로지 사는 즐거움을 위해 살면서 획득하는 것이다. 그렇게 간단하다고? 그런데 그렇게 간단해 보이는 것이 간단하지 않은 게 문제다.

이 소설에는 스탕달의 『적과 흑』, 호메로스의 『일리아스』와 『오디세이아』, 카프카의 『변신』, 라 파예트 부인의 『클레브 공작 부인』, 도스토옙스키의 『백치』, 라디게의 『육체의 악마』 등 숱한 고전이 인용된다. 대학 입시를 앞둔 고2 아들이 한가하게 교과 과정에도 없는 이런 소설 〈나부랭이〉를 읽고 있다면? 아마 그냥 두고 보는 학부모는 몇 안 될 것이다. 대부분은 피의 아버지처럼 도무지 〈현실 의식〉이 없다며 꾸짖지 않을까?

현실 의식이 없다……. 그런데 그 현실이란 건 도대체 어디에 있는 걸까? 열심히 공부해서 좋은 대학에 들어가면 손에 잡힐까? 보수가 좋고 안정된 직장에 들어

가면? 혹시 슬픈 신기루처럼 늘 저만치 물러나는 그 현실이라는 건 어떤 체제를 작동시키기 위한 집단 세뇌의 결과물은 아닐까? 피는 이렇게 의심할 정도로 총명하다. 그가 보기에, 현실 의식이 없는 건 오히려 그의 부모다. 그들은 인터넷 가상 현실에서 뭔가를 사고팔아 부를 쌓는 일 외에는 아무것도 하지 않는다. 다시 말해, 살지 않는다. 부모를 살해하는 피의 극단적 행위는 숨 막히는 〈현실감 결여〉에서 벗어나려는, 〈현실에 실재하지 않는 존재〉들과 결별하고 〈삶의 욕망〉을 되찾으려는 몸부림이다.

물론 부모를 살해하는 건 어떠한 논리로도 정당화될 수 없는 패륜 범죄다(아이들이 스스로 목숨을 끊게 내모는 것 역시 용서받을 수 없는 범죄다!). 피의 극단적 행위는 상징적인 것으로 받아들여야 한다. 범행 도구가 가위라는 사실에 주목한다면, 그 범죄는 부모가 갇혀 있는 논리 회로(우매함, 감시와 통제)를 가위로 자르듯 싹둑 잘라 버려야 비행선처럼 둥실 날아올라 자신의 젊음을 향유할 수 있다고 호소하는 작가의 심정, 그 절박함의 표현으로 받아들일 수 있지 않을까?

사족: 역자가 피의 또래(바로 엊그제 같은데, 있기나 했을까 싶을 정도로 아득하다)였을 때 「고래 사냥」이라는 노래가 유행한 적이 있었다. 당시 그 노래(자, 떠나자 / 동해 바다로 / 고래 잡으러)를 들을 때마다 속으로 동해의 맑은 하늘을 유영하는 아름다운 고래를 떠올렸던 기억이 난다.

2023년 12월
이상해

옮긴이 **이상해** 한국외국어대학교와 동 대학원 프랑스어과를 졸업하고 프랑스 스트라스부르 대학교, 릴 대학교에서 박사 과정을 수료했다. 현재 한국외국어대학교에 출강한다. 『측천무후』로 제2회 한국 출판문화 대상 번역상을, 『베스트셀러의 역사』로 한국 출판 평론 학술상을 수상했다. 옮긴 책으로 아멜리 노통브의 『갈증』, 『너의 심장을 쳐라』, 『추남, 미녀』, 『느빌 백작의 범죄』, 『샴페인 친구』, 『푸른 수염』, 『머큐리』, 에드몽 로스탕의 『시라노』, 미셸 우엘벡의 『어느 섬의 가능성』, 델핀 쿨랭의 『웰컴, 삼바』, 파울로 코엘료의 『11분』, 『베로니카, 죽기로 결심하다』, 크리스토프 바타유의 『지옥만세』, 조르주 심농의 『라 프로비당스호의 마부』, 『교차로의 밤』, 『선원의 약속』, 『창가의 그림자』, 『베르주라크의 광인』, 『제1호 수문』 등이 있다.

비행선

발행일 **2023년 12월 20일 초판 1쇄**

지은이 아멜리 노통브
옮긴이 이상해
발행인 홍예빈 · 홍유진
발행처 주식회사 열린책들

경기도 파주시 문발로 253 파주출판도시
전화 031-955-4000 팩스 031-955-4004
www.openbooks.co.kr